Emile Trolliet

(1856-1903)

ŒUVRES CHOISIES

Avec une Biographie *d'E. TROLLIET par Olivier BILLAZ*

EDITIONS
DE LA
REVUE
IDEALISTE

PARIS
LIBRAIRIE PLON
8, rue Garancière

GRENOBLE
LIBRAIRIE A. GRATIER & J. REY
23, Grande-Rue

Emile Trolliet

ÉMILE TROLLIET

(1856-1903)

Emile Trolliet

(1856-1903)

ŒUVRES CHOISIES

Avec une Biographie d'E. TROLLIET par Olivier BILLAZ

EDITIONS
DE LA
REVUE
IDEALISTE

PARIS
LIBRAIRIE PLON
8, rue Garancière

GRENOBLE
LIBRAIRIE A. GRATIER & J. REY
23, Grande-Rue

AVANT-PROPOS

A la mort d'*Emile Trolliet*, la Revue Idéaliste adressa un appel aux amis du poète et ouvrit une souscription pour honorer la mémoire de son ancien Rédacteur en chef.

Un Comité se forma [1]. Une somme assez forte fut très rapidement recueillie.

Le Comité fit deux parts de cette somme.

La plus importante fut consacrée à l'érection, dans le cimetière de St-Victor de Morestel, d'une

---

[1] *Le Comité était composé de la façon suivante :*

Président d'honneur: M. *Chaumié, ministre de l'instruction publique ;*

Président : M.*Octave Gréard,de l'Académie Française,vice-recteur honoraire de l'Académie de Paris ;*

Vice-Président : M. *Samuel Rocheblave, professeur au Lycée Janson de Sailly et à l'Ecole des Beaux-Arts;*

Membres: MM. *Emile Arnaud,* président de la Société amicale des Enfants de l'Isère *et de la* Ligue internationale de la Paix et de la Liberté; *Olivier Billaz, professeur au Lycée Buffon; Alidor Delzant, homme de lettres; D*r *Descour, Sous-Directeur de l'Ecole de santé militaire à Lyon ; X. Drevet, éditeur à Grenoble ; Th. Joran, rédacteur en chef de la* Revue Idéaliste, secrétaire; *Eugène de Ribier, professeur au Lycée Janson de Sailly, directeur de la* Revue des Poètes;

Trésorier: M. *A. Richardet, directeur de la* Revue Idéaliste.

stèle ornée d'attributs, encadrant le médaillon en bronze d'Emile Trolliet.

M. Moyaux, architecte, membre de l'Institut, et M. Fagel, statuaire, ancien prix de Rome, assurèrent l'exécution de ce premier projet en rivalisant de dévouement et de générosité.

Le reste de la souscription fut destiné à faire revivre, dans un choix de pages qui représentât son œuvre comme en abrégé, les diverses faces du talent d'Emile Trolliet; qui mît en lumière les hautes aspirations de son âme, et les généreux sentiments dont toute sa vie il se fit l'apôtre.

Une biographie détaillée devait être le complément et le vivant commentaire de cette anthologie.

C'est ce livre, livre à la fois de commémoration pieuse et de consécration littéraire, que le Comité du monument Trolliet offre aujourd'hui aux souscripteurs et au public.

Le choix des morceaux qui le composent a été arrêté d'un commun accord.

D'un commun accord aussi, la biographie d'Emile Trolliet a été demandée au plus ancien témoin de sa courte vie, à son disciple et camarade, M. Olivier Billaz, qui lui succéda, à la Revue Idéaliste, comme Rédacteur en chef.

Sa tâche accomplie, le Comité, avant de se séparer,

adresse un suprême et reconnaissant hommage à son président, M. Octave Gréard, de vénérée mémoire, qui a dirigé toutes ses réunions, (sauf, hélas ! la dernière), avec l'expérience du plus éminent des chefs et le tact du plus délicat des hommes.

LE COMITÉ.

EMILE TROLLIET

━━◆━━

Je l'ai connu dès 1868, au collège, où j'étais son voisin d'étude, et j'ai été, à Paris, l'un des tristes spectateurs de son agonie. Il fut mon camarade d'enfance et de jeunesse ; plus tard, mon collègue et mon ami. J'ai aimé son âme que Dieu avait faite exquise et qu'il sut préserver, non de toute faiblesse, car il était homme, mais de tout vice et de toute méchanceté. C'est elle qui fut son plus beau, son plus original poème.

Je ne puis, je ne veux qu'expliquer ici comment elle s'est formée, dans une atmosphère de piété, de rêve, d'idéalisme, de douceur, par le concours des circonstances et de sa volonté.

Mes souvenirs personnels et les documents dont je me suis entouré me permettront de suivre sa vie de très près, de rectifier ou de développer certains points de la brève biographie que j'ai écrite au lendemain même de sa mort, dans la *Revue Idéaliste* du 1ᵉʳ février 1903 [1] . Je dirai tout ce qui me paraît propre à mieux faire comprendre l'homme et le poète ; seulement je respecterai certains secrets intimes, le mystère douloureux qui ne fit que trop sincère et trop vraie l'attitude mélancolique dont l'adolescence de notre ami, par goût romantique, s'était parée d'abord. Puissent ces modestes pages détourner un instant l'admiration et la sympathie de mes contemporains vers un homme qui mériterait de vivre dans le souvenir des hommes, si la gloire ne s'attachait d'ordinaire à ceux qui font plus de bruit que de bien.

[1] Cet article a été reproduit par le *Gratin* du mois de mai 1903.

I

Emile-Maurice-Hippolyte Trolliet [1] naquit le 10 juillet 1856, à St-Victor de Morestel, dans le département de l'Isère, presque au bord du Rhône, sur cette marche septentrionale du Dauphiné, dont l'extrême pointe nord porte les grands faubourgs lyonnais de la Guillotière et des Brotteaux. Grenoble, la ville disputeuse et héroïque des vieux parlementaires frondeurs et des gens de guerre, *brûleurs de loups*, est loin de cette marche, dont le haut plateau des *Terres froides* la sépare. Mais Lyon est tout près : cité mystique et laborieuse. où depuis des temps très anciens, au bruit des métiers qui battent et des cloches qui tintent, des milliers de

---

[1] Il était fils d'Hippolyte Trolliet et de Joséphine Chanteur, propriétaires-agriculteurs au même lieu, qui moururent, celui-là en 1876, celle-ci en 1878. Il eut deux frères, Hippolyte, qui habite encore la maison paternelle, et Emmanuel, qui mourut jeune, en 1866, à l'âge de quatorze ans. De ses trois sœurs, l'aînée, Marie, est mariée à M. Huguet, propriétaire à Corbelin (Isère). La seconde, Noémiè, mourut en 1860, âgée seulement de 6 jours. La plus jeune, Joséphine, qui était sa cadette, est mariée à Grenoble à M. Guerry, représentant de commerce. Saint-Victor, Corbelin, Grenoble, ce sont les trois foyers aimés dont le poète nous parle dans sa poésie intitulée *le Triple Nid (la Vie silencieuse)*.

petites gens, sur la double colline que coupe la Saône alanguie, travaillent et rêvent, tissant à la fois la chaîne souple de la soie ou du velours et la trame lumineuse de leur idéal. Trolliet aimait cette « grande et aimable ville de Lyon, » dont le génie, « éminemment sociable, a uni les peuples comme les fleuves.» [1] Longtemps, dans sa prime jeunesse, il préféra sa grandeur simple à l'élégance plus raffinée, plus aristocratique de Paris. Vers 1887 encore, il souhaitait d'y être nommé professeur. D'instinct, il se sentait, à beaucoup d'égards, de la race des Vaudois, de ces « pauvres de Lyon » comme on les appelait au Moyen-Age, qui « tâchaient de revenir aux premiers jours de l'Evangile et donnaient l'exemple d'une touchante fraternité ». Ainsi sa première enfance, fleur délicate, fut caressée de ce souffle pacifique et doux qui descend de l'antique *Forum Veneris*, sanctifié par les cantiques pieux de Fourvières, loin de l'âpre vent des Alpes et du Dauphiné montagnard.

Il ne faut point juger les mœurs de notre département de l'Isère d'après les vantardises

---

[1] Michelet, *Histoire de France.*

traditionnelles de la noblesse dauphinoise
« l'escarlate de la noblesse de France [1] », non
plus que d'après le vieil adage :

> *Le Dauphinois*
> *Fin, faux, courtois;*

et encore moins d'après l'histoire politique et
militaire de notre glorieuse province. Les femmes du Dauphiné sont, à l'égard de leurs
enfants, d'une douceur, d'une tendresse, disons
le mot, d'une câlinerie qui contraste singu-
lièrement avec la ténacité des hommes et des
choses de l'Alpe. Elles les appellent de tous les
noms les plus caressants, les plus gracieux,
parfois les plus mignards. L'expression, en
langage patois, qui revient le plus souvent sur
leurs lèvres est d'une préciosité charmante :
« Mon miène », « mon menin », « mon mignon »,
qu'elles interprètent, je crois, par suite d'une
confusion du patois et du français, dans le sens
de mon mien, mon deux fois mien. Cela n'empêche pas les petits Dauphinois de devenir assez vite
des lurons, comme ils disent, parce que leur
vigoureux tempérament réagit, et qu'ils se
piquent, dès qu'ils peuvent se planter sur leurs

---

[1] Le Loyal Serviteur. *Vie de Bayard*.

talons et frapper du poing, d'imiter les hommes
de leur pays, d'être rudes, impatients, agressifs,
batailleurs. Mais le petit Emile ne dut jamais
réagir bien fort ; sa faible constitution le portait
à se complaire aux caresses maternelles. Infiniment plus sentimental que sensuel, ou, plus
exactement encore, incapable d'éprouver une
sensation ou de concevoir une idée qui ne se
muât en sentimentalité douce, un peu dolente,
il aimera toujours la suavité des voix féminines
et verra dans toute femme une sœur, une
« sœurette » comme il aimait à dire, parfois
même une « maman ». Toute sa vie, entre
son cœur d'enfant et certaines réalités, s'é-
tendra un voile de tendresse et de respect que
ni sa pensée ni ses désirs n'aimeront à soulever.

Dès l'âge de 5 ans, il fut envoyé à l'école
primaire de Saint-Victor, dont il suivit les
exercices jusqu'à l'âge de 10 ans. Très studieux,
d'une grande affabilité de manières, bien que
son caractère fût déjà résistant et particulière-
ment tenace, il faisait, sans exciter leur envie,
l'admiration de ses petits camarades, robustes
paysans dont les muscles étaient fermes, mais
la tête un peu dure. Ses plaisirs étaient de lire
et de causer. Les jeux bruyants, les travaux

de la terre n'étaient point son fait : la faiblesse même de sa constitution orientait dès lors sa vie vers les choses de l'esprit et du cœur.

Quand il eut atteint sa dixième année, les aptitudes spéciales qu'il manifestait pour l'étude décidèrent ses parents à le destiner au sacerdoce. Très religieux et fidèles à la vieille tradition des maisons nobles et roturières de France, ils cédèrent au rêve dont tant de mères chrétiennes, dans nos campagnes, aimaient naguère encore à bercer leur pieuse fierté : voir leur cadet prêtre, et, qui sait ? peut-être un jour évêque de la sainte Eglise. Ils s'adressèrent à l'abbé Gallois, alors curé de leur paroisse, qui consentit à donner à l'enfant ses premières leçons de latin. Le matin, le petit Emile servait la messe de son professeur. Le dimanche, aux cérémonies religieuses, il portait le chandelier sacré ou balançait l'encensoir. Et toute la semaine, sous la direction du prêtre, il étudiait la langue de Virgile, qui est aussi celle de la Vulgate et de l'Imitation.

Ainsi par la même route, parfumée de piété, descendaient lentement dans sa jeune âme, pour l'emplir et s'y mêler à jamais, la poésie de ce qu'il y eut de plus pur dans l'antiquité païenne et celle du culte de Jésus. Rome, Athènes, Bethléem, lui étaient révélées à la fois dans la même langue et par le même initiateur, revêtu d'un caractère sacré. A travers la pure et lumineuse terre natale, près de ce beau fleuve du Rhône dont il aimait les claires transparences bleues, dans le cadre familial où sa mère, son père, ses frères, ses sœurs, son curé, ses camarades, ne mettaient autour de lui que des sensations de bonheur sans nuage, les souffles du Mincio, ceux de l'Illissus, ceux du lac de Genésareth, venaient jusqu'à lui, portés par la même aile de l'esprit, déjà mêlés, indiscernables.

C'est ainsi qu'il commença d'aimer du même amour ingénu, nullement mystique d'ailleurs, la Sagesse et la Piété, les révélations de l'Intelligence et celles de l'Evangile. Tout, en lui, déjà, était tendresse, conciliation, harmonie. Nul germe de haine, d'irritation, de colère, de violence. Ce sont des sentiments qu'il ignorera toujours.

J'insiste sur ces premières années, parce que c'est alors que se forme le cœur, et que Trolliet ne s'explique que par son cœur.

Singulière vanité des théories, soi-disant scientifiques, qui ne s'attachent qu'aux influences du climat, de la race et du milieu, sans tenir

compte de l'éducation de la première enfance,
toute puissante sur l'essence intime des âmes !
C'est pourtant à quelques kilomètres de Saint-
Victor de Morestel, presque sous le même ciel,
sur la même terre dauphinoise, à Brangues,
qu'était né Antoine Berthet, l'assassin fameux,
le prototype du *Julien Sorel* de Stendhal [1].
Mais Trolliet n'avait rien ni des héros, ni de
l'auteur du roman : *le Rouge et le Noir*. Stendhal n'exercera plus tard aucune influence sur
son esprit, non plus que Balzac, Leconte de
Lisle, Flaubert ou Maupassant. La théorie de
l'art pour l'art, celle de *l'écriture artiste*, ne lui
inspireront que du dédain. Il détestera les
réalistes. Je.ne sais s'il a même jamais goûté
le réalisme idéalisé de Georges Sand ou d'Al-
phonse Daudet. Dauphinois comme Stendhal
et Berlioz, il n'offre aucun trait de ressemblance, même lointaine, ni avec l'un, ni avec
l'autre, si ce n'est qu'il avait, comme ce dernier, les yeux bleus, un besoin maladif de tendresse, et que, comme lui, il aima à aimer.
Et pourtant, quand je songe à ce que dut être
son enfance, quand j'essaye de concevoir,

---

[1] Voir l'*Histoire des Œuvres de Stendhal*, par Adolphe Paupe,
Paris, 1904, chez Dujarric.

musicalement, son âme idyllique, je ne puis m'empêcher de me rappeler certaine page de l'*Enfance du Christ*, l'adorable incantation de la Mère à l'Enfant, qu'elle invite à jouer avec les brebis et les agneaux, « parmi l'herbe tendre ». La même douceur alpestre, qui inspira à Berlioz cette pastorale ineffable, émane de toute la vie de Trolliet. Mais son vrai maître, celui qui lui révéla la poésie de la terre natale, ce ne fut pas le grand musicien français, son compatriote, ce fut Lamartine.

Tout jeune, il lut ses vers et apprit à l'aimer ; cette impression ne s'effaça jamais.

Il faut savoir que son père, tout en cultivant ses propriétés, régissait celles de M. de Quinsonnas, le grand-père maternel du comte actuel de Virieu, dont le grand-père paternel fut, on le sait, l'ami intime du poète des *Méditations*. Sa mère, ou peut-être son curé, lui ont fait réciter la *Prière de l'enfant à son réveil*. Et il apprit de ses parents à vénérer et à aimer le Poète qui avait chanté le *Vallon* de Virieu, comme il les vénérait et les aimait eux-mêmes.

Certes, sa sympathie pour celui que J. Lemaître a appelé « la Poésie même » fut plus qu'une prédilection, ce fut un culte, une religion, une

foi. ¹ « Il semble, a très bien dit S. Rocheblave
dans la notice dont nous reparlerons plus tard,
lui avoir dédié sa vie ». Quand, au cours de sa
vie d'adolescent ou d'homme, il lut son œuvre
entière, ce fut comme un dévot lit la Bible,
en dépouillant, ou à peu près, tout esprit
critique. Politique, théologie, philosophie,
science sociale, amour, littérature et poésie, vie publique et vie privée, il verra tout
à travers Lamartine. Que dis-je ? Lamartine lui-même, il le voit à travers Lamartine,
il l'idéalise, le purifie, le transfigure, le
« lamartinise ». Et c'est là, je pense, ce qui
explique le charme et aussi la faiblesse de
quelques-unes de ses œuvres poétiques. L'ombre d'Elvire y soupire, y sanglote, y chante.
Et cette ombre est très douce, mais ce n'est
qu'une ombre.

Vers la vingtième année pourtant, il se
passionna pour Musset. Ses poésies amoureuses
ne portent que trop de traces de cette admiration. C'est pourquoi on ne les lit pas sans
quelque malaise. Le contraste est trop fort entre

---

¹ Il lui dédia sa *Vie silencieuse*, en tête de laquelle il lui
adresse ce vers significatif :
« J'ai grandi dans ton culte, âme tendre et chrétienne. »

la langue de Rolla et la candeur de Trolliet [1].
Plus tard encore, il s'éprendra d'un bel enthousiasme pour Pétrarque. Professeur de l'Université, il croira devoir admirer Corneille et Victor
Hugo. Il éprouvera même une émotion sincère
à lire Racine, dont il ne sentira guère que la
« tendresse » et la déjà lamartinienne « harmonie ». Mais ce ne seront là que des admirations
plus ou moins littéraires, presque toujours un
peu factices. Le fond de son cœur, la source
même de son inspiration poétique restera
toujours le culte de Lamartine. Musset même,
et Racine, il les lit en lamartinien, pour qui
l'amour, non seulement est chaste, mais a
quelque chose de la piété.

Ce culte exclusif favorisa la pureté de ses
mœurs, la délicatesse de son âme. Seulement
il fut fatal à l'originalité de son talent. De
fortes études y eussent remédié sans doute.
Mais Trolliet, que ses aptitudes, ses qualités

---

[1] « Si Lamartine est le premier et le plus reconnaissable
maître de M. Trolliet, Musset est le second. » Je lis cette ligne
dans une excellente étude intitulée *Un Poète* que publia, le 10
novembre 1892, la *Revue*, aujourd'hui disparue, *de l'enseignement
secondaire et de l'enseignement supérieur*. Elle est de M. Rocheblave, avec lequel je suis trop heureux d'être d'accord pour ne
pas m'appuyer sur son autorité, chaque fois que l'occasion s'en
présentera.

morales, aussi bien que les sentiments religieux de ses parents et les habitudes de nos campagnes semblaient destiner à la carrière ecclésiastique, dut entrer, à l'âge de 12 ans, au Petit Séminaire du Rondeau.

II

Ce Petit Séminaire, fondé à Grenoble après le Concordat, par les Evêques de cette ville, qui trouvaient sans doute insuffisant et trop éloigné du centre du diocèse le Petit Séminaire concordataire de la Côte Saint-André, avait été transféré pendant la Restauration, par Mgr Philibert de Bruillard, dans une campagne de l'Evêché, presque au bord du Drac, au milieu de cette admirable plaine grenobloise que dominent, à l'ouest, les escarpements du Moucherotte, à l'est les cimes neigeuses de la chaîne du Graisivaudan. Et d'abord, orienté presque uniquement vers la préparation aux sérieuses études théologiques et le sévère apprentissage des mœurs sacerdotales, s'inspirant encore des hautes traditions gallicanes et jansénistes, si longtemps vivaces en Dauphiné, le Rondeau avait formé des générations de prêtres dont le clergé grenoblois aime encore à s'enorgueillir. La loi Falloux lui fut fatale. Elle le transforma peu à peu en « boîte à bachot ». Vainement un savant évêque, Mgr Ginouilhac, vainement un vénérable supérieur, M. le chanoine Debut, essayèrent de résister à la force des choses. Les études religieuses s'affaiblirent, l'idéal de la maison baissa.

Elle continua à préparer au ministère catho·lique quelques bons petits paysans, venus pour la plupart des Combes de l'Oisans ou des hauts plateaux de la Matheysine. Mais la plupart de ses élèves n'eurent plus d'autre ambition que de passer leur baccalauréat ès-lettres, nul ne songeant, et pour cause, au baccalauréat ès-sciences. Entraînée par ces préoccupations pratiques, mais terre-à-terre, de sa clientèle, l'administration du Rondeau ne visa plus qu'à faire concurrence au lycée Le recrutement de la majorité de son personnel lui interdisait, à cette époque, la lutte sur le noble terrain des hautes études désintéressées. Elle envisagea uniquement la préparation aux examens. Il s'agissait de battre l'Université à coups de bacheliers, d'attirer à soi la clientèle bourgeoise de Grenoble et des environs.

La logique des institutions fut plus puissante que la bonne volonté des maîtres les plus pieux ou les plus savants. Toute la vie de l'éta-

blissement s'en ressentit. Les vieux maîtres durent se retirer. Les exercices de mémoire dépassèrent toute limite. On s'efforça
de développer ce qu'on appelait l'imagination,
c'est-à-dire, en réalité, l'habitude de déclamer.
La religion même se mua en religiosité, en
formules creuses ou purement sentimentales.
Bref, au « grain des choses » se substitua la
« paille des mots ».

Il y avait pourtant là quelques hommes de
haute valeur. J'ai déjà cité le chef de la maison, M.
Debut, qui ne quitta le Rondeau que vers 1871.
M. Giroud, qui enseigna à Trolliet le grec, et M.
Faure, qui lui apprit la botanique, étaient aussi
des hommes dignes, à tous égards, de respect,
et dont l'influence sur son esprit eût été sans
doute excellente, si elle n'avait été combattue,
annihilée par celle des méthodes et du milieu.
Un jeune maître, dont le nom, aussi bien que
la haute valeur scientifique est d'ailleurs bien
connu à Grenoble, à Lyon et même à Paris,
M. le chanoine Devaux, aujourd'hui professeur à
l'Institut catholique de Lyon, aurait pu donner à
Trolliet cette discipline de la pensée dont il
avait besoin. Philologue éminent, esprit péné-
trant et sûr, point du tout sentimental ni
rêveur, mais au contraire observateur aigu,

souvent même railleur impitoyable, il eût été
pour lui un éducateur excellent, à condition
d'être à sa place, dans la chaire de rhétorique.
Mais l'administration du Rondeau l'avait chargé
de la classe qu'on appelait la *Logique*, c'est-à-
dire de la dernière année de préparation au
baccalauréat. Cet examen, on le sait, se passait
alors en une fois. Accablé de travail, s'astrei-
gnant consciencieusement à la besogne ingrate
de la correction des copies et de la mise au
point des candidats, ce jeune prêtre ne pouvait
avoir sur ses élèves toute l'influence désirable.
C'est peut-être lui cependant qui révéla à
Trolliet qu'il est beau d'aimer la science pour
la science, et que l'enseignement de la vérité
scientifique a sa grandeur comme celui de la vérité religieuse. Son exemple engagea sans doute
Trolliet à entrer dans la carrière du profes-
sorat.

Quoi qu'il en soit, c'est en sortant de la
Logique du Rondeau que notre ami passa, devant
la Faculté de Grenoble, son baccalauréat ès-
lettres et, tout de suite, se résolut à se préparer
à l'Ecole Normale Supérieure. Sa vocation
ecclésiastique, qui n'avait peut-être jamais été
bien forte, s'était évanouie pendant son séjour
au Petit Séminaire, très probablement l'année

de sa rhétorique, si j'en crois un renseignement qui m'est fourni par sa famille.

C'est en 1868, au mois d'octobre, qu'il était entré, comme élève de cinquième, dans cet établissement du Rondeau, où il demeura interne de 1868 à 1874. Lui-même, dans l'*Ame d'un résigné*, nous en parle en ces termes :

« Je vois aussi le Petit Séminaire où se passa mon adolescence, le Rondeau avec ses grandes cours et ses grands peupliers, souvent morne et glacé pendant les longs mois d'hiver, mais si charmant et si vivant à la venue de Mai. Le mois tout entier se passait en cérémonies et en fêtes poétiques. Il s'ouvrait par une procession faite le long du sentier qui allait, du Séminaire même, à une statue de la Madone qui était située au milieu d'une prairie, et, sur le soir, aux premières lueurs des étoiles se déroulait la théorie des éphèbes chrétiens avec des chants dans l'air et des bannières flottant au vent. Il se continuait par les jeux olympiques qui semblaient morts avec la Grèce morte, mais qui ont revécu au Rondeau, le seul établissement scolaire qui ait à ma connaissance fait renaître une si classique tradition. Toutes les classes rivales luttaient pendant plusieurs jours à plusieurs jeux d'agilité et d'habileté ; et chaque lutte était précédée d'un discours fait par les *Sénateurs*, exhortant leurs légions, ayant l'écharpe autour du corps et en main le drapeau de chaque classe, drapeau qui suivait les élèves de la huitième à la philosophie et qui comptait tant de défaites et tant de victoires. Et rien ne manquait à ces ardents combats, ni la sincérité, ni l'enthousiasme, ni les juges, ni les spectateurs, rien, sauf un Pindare pour les immortaliser. Puis le mois se clôturait par un concours de poésie dont le développement était laissé à la liberté et à l'imagination de chacun, mais dont le sujet devait être un hommage rendu à Marie. Et ces jeux poétiques, pas plus que les jeux physiques, ne semblent avoir inspiré ou révélé d'importants génies ; du moins ils développaient dans nos corps la fleur de puberté et dans nos âmes la fleur du mysticisme. Enfin les trente-et-un jours de Mai s'achevaient par une prière faite en commun à la chapelle, devant l'autel de Marie, illuminé et parfumé ; et tous ces enfants, avant d'aller dormir, répandaient leurs âmes aux pieds de leur Mère céleste ».

Ces lignes charmantes que Trolliet écrivit quand il avait passé trente-cinq ans et qui témoignent de son attachement à une maison où il n'a jamais cessé d'être aimé, éclairent d'un jour révélateur sa religion, ou plus exactement son sentimentalisme religieux, tout à fait semblable à celui dont s'imprégna Lamartine, au collège des Jésuites de Belley. Jamais, au Rondeau, Trolliet n'a vu cette *face hideuse de l'Evangile* dont Pascal parle quelque part ; jamais, plus tard, il n'a voulu la voir. Il l'a littéralement ignorée. Une blanche statue de Madone, au fond de la prairie en fleurs, une procession d'adolescents et de prêtres en surplis blancs qui ondule sous les étoiles, des chants d'enfants qui alternent avec ceux du rossignol des nuits de mai, des poésies mystiques où le premier désir, très chaste encore, d'un cœur de jeune homme s'exalte en l'honneur d'une Vierge invisible, immaculée et maternelle, voilà quelle fut, sur l'âme de notre ami, la profonde empreinte de l'éducation ecclésiastique. L'orageux, le passionné, le sensuel Châteaubriand nous parle, dans ses *Mémoires d'Outre-Tombe*, d'une mystérieuse sylphide qu'il vit en rêve toute sa vie, et que toute sa vie il poursuivit à travers ses multiples amours de chair. Toute sa vie, le pur, le candide, le tendre Trolliet a chanté la femme immaculée et maternelle. Ce n'était plus la sainte Vierge du Rondeau. Ce ne fut même pas toujours la Vierge invisible. Ce fut toujours ou presque toujours la Vierge, celle à qui l'on n'offre que des fleurs de neige et des vers.

Au reste, si sa frêle nature délicate, rêveuse, absolument incapable d'ironie, prédisposait Trolliet à concevoir l'amour comme un mois de Marie laïque, l'enseignement du Rondeau, tel du moins qu'il y était organisé à cette époque, n'était pas fait pour lui donner le sens précis de la réalité. Du moins, le charme pastoral de ce collège, isolé au milieu des prairies et des vergers, en face des Alpes pacifiques, l'atmosphère de piété suave qu'on y respirait, l'aménité des maîtres, la familiarité paternelle de leurs mœurs, la cordiale simplicité des traditions. tout y concourait à développer chez lui la vie sentimentale.

Dès son arrivée, en 1868, il se faisait aimer d'un groupe de camarades qui chérissaient sa douceur ingénue, sa naïveté relevée de malice inoffensive, la distinction naturelle qu'il apportait dans sa façon de jouer, de causer, d'étudier. Chose singulière, et qui marque d'un trait vif l'essence même de son âme pitoyable et un peu féminine, son affection l'attachait surtout aux plus faibles, dans le sens physique ou intellectuel du mot, aux plus déshérités, aux plus chétifs d'entre nous. Il se lia intimement avec un Grenoblois, orphelin de père et de mère, que tous nous savions phtisique et destiné à mourir jeune. [1] Ces deux frêles enfants s'aimèrent comme deux frères, plus exactement comme deux sœurs, avec cette tendresse un peu enfantine et mignarde qu'une jeune fille très pure et très aimante a pour sa meilleure amie. Pendant les vacances, Trolliet emmenait son frère adoptif chez ses parents. Ensemble ils jouirent de la paix sereine des champs. Ensemble ils rêvèrent parmi les collines, aux ondulations amorties, du bas Dauphiné. Ils déclamèrent ensemble les vers de *Jocelyn* ou ceux des *Méditations* devant les vallons tranquilles et les bois que l'automne teintait de mélancolie, tous deux très pieux, très purs, tous deux indifférents aux curiosités troublantes comme aux joies fortes des adolescences vigoureuses. Lévites de l'idéal, ils se grisèrent ensemble de romantisme mystique et d'amitié. C'est par son ami que Trolliet se connut poète : c'est lui qui lut et encouragea ses premiers vers.

Heureuses vacances ! heureuses années du Rondeau ! Trolliet ne se les rappelait jamais sans émotion. Point du tout bruyant ni querel-

---

[1] Ce camarade, J. C., est mort en effet vers 1880, au cours de ses études de médecine, qu'il était venu poursuivre à Paris.

leur, mais rieur, un peu malicieux quelquefois, d'une malice qui rendait plus savoureuse encore son aménité, il était déjà, comme il l'a été toute sa vie, l'âme d'un petit cénacle où fraternisaient, où « communiaient en lui » des caractères bien divers, parfois même opposés ou rivaux. Gai, enthousiaste, affectueux et pacifique, voilà le Trolliet d'alors. La vie lui a peu à peu enlevé sa gaieté. Elle a mutilé ses enthousiasmes. Et sur ces deux points, du moins, elle l'a vaincu; mais il a triomphé d'elle en demeurant aimant et pacifique jusqu'à la fin. La grâce du Dieu de paix et d'amour était en lui.

III

En 1874, après son baccalauréat, Trolliet entra comme *vétéran* de rhétorique au lycée de Grenoble. Il y eut pour professeur M. Couat, mort, depuis, Recteur de l'Académie de Bordeaux. L'influence de ce maître sur notre ami fut forte. Ancien élève de l'Ecole Normale, reçu docteur ès-lettres en cette même année 1874, avec une thèse sur Catulle, nourri de poésie antique, ferme républicain de pensée et d'action, Couat ouvrit à Trolliet les larges horizons de la pensée libre que le bachelier du Rondeau ne soupçonnait même pas. Ce fut une année féconde de travail méthodique et sûr, couronnée d'ailleurs de succès universitaires. Mais ce ne fut qu'une année.

En 1875, Trolliet vint à Paris suivre les cours du lycée Charlemagne. Habitué à la discipline tout extérieure, aux classes peu nombreuses de la province, il se sentit dépaysé dans cette rhétorique bruyante de soixante élèves auxquels des professeurs de valeur inégale dispensaient d'un peu haut et d'un peu loin un enseignement qui le surprenait. Ni sa nature, dès lors orientée vers le romantisme, ni ses études antérieures ne l'avaient préparé à tirer, l'année suivante, grand profit du cours vigoureux de philosophie, professé alors à Charlemagne par M. Rabier, dont il suivit les leçons en 1876-77. Pourtant, je ne m'étonnerais point que ce cours ait déposé dans son âme, trop exclusivement nourrie jusqu'alors d'une morale purement sentimentale, le germe de l'idée de justice, qui devait plus tard dominer et régler non seulement sa conduite, mais sa conception sociale et toute sa pensée. Protestant, mais surtout disciple de la philosophie de Kant, M. Rabier aimait à répéter à ses élèves : *Pereat mundus, fiat Justitia*. Ainsi la philosophie universitaire préparait le jeune lamartinien, vingt âns d'avance, à cette ferme attitude qu'il prendra en dépit de sa douceur habituelle, dans des circonstances douloureuses pour la France tout entière. Et de cette forte morale stoïcienne qui lui fut enseignée à Charlemagne je trouve comme un écho dans la prière qu'il prête au héros de son roman autobiographique, *l'Ame d'un résigné* : « Je n'ai pu être ni un saint, ni un illustre, ni un heureux : fais que je sois un juste. »

Tout en suivant les cours du Lycée Charlemagne, il était élève interne d'une institution du Marais, aujourd'hui disparue. Il y souffrit cruellement de privations physiques et de répugnances morales. Une cour étroite entre de grands murs sombres et sales, point de soleil, un air empesté et humide, un dortoir trop étroit, où les lits se touchaient presque, tout cela n'était pas fait pour égayer le sérieux, le candide adolescent grandi au souffle des montagnes, dans l'atmosphère pure, saine, vivifiante du Dauphiné.

Du moins, pendant ces deux années d'internat, il eut pour camarades une élite de jeunes gens : Emile Bourgeois, Albert Cahen, aujourd'hui professeurs l'un à l'école normale supérieure, l'autre au lycée Louis-le-Grand : Paul Dupuy, surveillant général à la même école ; Dorison

et E. Roy, professeurs à l'Université de
Dijon ; Gazel, proviseur à Lons-le-Saulnier ;
Lanson et Lévy-Bruhl, professeurs à la Sorbonne ; Le Bris, professeur au lycée de
Rennes ; Le Brun, professeur à l'école alsacienne ;
Henry Marchand, professeur au lycée de Sens ;
Merlin-Lemas et S. Rocheblave, professeurs au
lycée Janson ; Rigal, professeur à l'Université
de Montpellier ; Louis Roy, censeur au lycée
Louis-le-Grand ; Léopold Sudre, professeur au
lycée Montaigne ; Thamin, recteur de l'Académie de Rennes et Thirion, dont la brillante
carrière a été brisée, en 1902, par la mort. J'en
oublie sans doute. Par eux surtout, Trolliet
prit contact avec cette Université de France qu'il
a tant aimée, et qu'il appelait volontiers la
« Maison de Descartes », c'est-à-dire la maison
de la raison, de la science, de la certitude. Par eux
il connut les joies saines et profondes de l'intelligence, la recherche désintéressée du beau
et du vrai, la bataille sans larmes des idées,
des systèmes philosophiques, des écoles littéraires.

Il vivait d'une vie nouvelle. Il sentait naître
en lui, avec le talent, l'ambition d'une pure
gloire, la volonté de consacrer sa vie aux lettres
et à l'enseignement. Il se présenta une ou deux

fois à l'Ecole Normale. Mais ses études antérieures avaient été trop faibles. Il échoua, et,
découragé. renonça.

Ce fut pour lui l'occasion d'une crise dangereuse. Il quitta Charlemagne, vécut d'un
préceptorat que des amis lui avaient procuré dans
une famille alliée à celle de M. Glachant,
inspecteur général de l'Instruction publique
et gendre de l'ancien Ministre Duruy. Il
alla habiter la rue Rodier, sur la rive
droite. Mais, chaque fois qu'il le pouvait, il
venait passer sa soirée au Quartier Latin, auprès
de ceux de ses camarades dauphinois qui étaient
venus y achever leurs études.

D'une absolue insouciance, et ne s'inquiétant
ni de son avenir, ni de ses besoins, il s'était
laissé nommer par son proviseur de Charlemagne, le paternel M. Broca, dès le 27 novembre
1876, maître auxiliaire. Cela le dispensait du
service militaire qui eût été pour lui, étant
donnée sa faiblesse physique, une condamnation
à mort. Seulement le répétitorat ne lui convenait
guère. Au 4 novembre 1878, il se fit mettre en
congé. Son préceptorat l'occupait peu. Il faisait
des vers, allait au théâtre, lisait, et rêvait. Il
pleurait aussi, car son cœur aimant fut coup
sur coup déchiré par la mort de son père,

survenue en 1876, et par celle de sa mère en 1878.
Mais cette même année 1878, il eut la joie de
marier sa sœur aînée ; et il s'attacha dès lors,
d'une affection plus tendre encore que par le
passé, à sa sœur cadette, à sa « petite Josépha »
dont il dirigea, de loin, l'éducation, et à laquelle
il écrivait des lettres charmantes, dignes d'un
père ou plutôt d'une mère à sa fille.

IV

Cependant des légendes couraient sur lui. On
le disait aimé d'une actrice célèbre. Est-ce à
cette liaison vraie ou fausse qu'il a fait allusion
dans *l'Ame d'un résigné ?* Je ne le crois pas.
Longtemps il resta candide, dans le sens absolu
du mot. La faiblesse de son tempérament, qui a
abrégé sa vie, le préserva des chutes précoces.
Il garda purs son cœur et ses sens ; et, envisagées
de ce côté, ses camaraderies du Quartier Latin,
qui lui permirent, en faisant à ses compagnons
du soir la charité de son cœur et de ses vers,
de commencer parmi eux un véritable apostolat
poétique, prélude de son futur apostolat social,
étaient sans danger pour lui. Mais cette vie de

Paris, désormais sans but précis, était un véritable péril, non seulement pour son avenir matériel, auquel il était dans l'obligation stricte de songer, mais pour l'épanouissement de son talent, qui se cherchait encore, et surtout pour son énergie morale. La nature, qui l'avait fait aimable, lui avait prodigué les qualités que nous aimons : la mansuétude, la tolérance, la gaîté sereine. Elle avait été plus avare de celles que nous estimons, mais que nous redoutons chez les autres, car elles ne vont pas, le plus souvent, sans une certaine brutalité : la décision, l'audace, la volonté de réussir. Il avait besoin que la Providence mît sur son chemin le frère aîné, le conseiller avisé et viril qui lui montrerait la voie à suivre, l'y pousserait, lui suggérerait de vouloir et d'oser. Ce sage et mâle conseiller, ce frère dévoué, Trolliet, pour son bonheur, le rencontra alors. C'était Rocheblave.

Il l'avait eu pour camarade lors de sa seconde année à Charlemagne, de 1876 à 1877. Tous deux venus de la région du Rhône, tous deux cruellement éprouvés par les mêmes contacts trop brutaux et les mêmes désenchantements, ils s'étaient liés étroitement. Mais Rocheblave, un peu plus âgé et plus fortement trempé, avait, dès octobre 1878, quitté Paris pour le collège de Châtellerault, où il avait été nommé professeur de rhétorique. D'excellentes notes à l'Inspection générale lui valaient, en mai 1879, une nomination au lycée de Mont-de-Marsan. Sur-le champ, il écrivit à son ami, le fit venir auprès de lui, le présenta à son principal, M. Papillault [1] excellent homme qui se prêta volontiers à cette investiture peu ordinaire dans les usages administratifs de l'Université, et obtint des autorités académiques la nomination régulière de l'ami de Rocheblave à la chaire de rhétorique de son collège. Trolliet, bien inspiré, laissa faire. Jules Duvau, tout jeune alors, depuis maire et député de Châtellerault, fit au débutant un accueil auquel répondirent, en le justifiant, la bonne grâce et la charmante intimité du nouveau professeur, heureusement arraché à son indolence naturelle et à la demi-oisiveté, un peu inquiétante, de sa vie de Paris.

Alors, dans la vieille cité féodale que baigne la Vienne, au bruit des marteaux forgeant les

---

1 Alfred Papillault est mort en 1903, au moment même où le Comité du Monument Trolliet songeait à l'inscrire parmi ses membres.

baïonnettes et les sabres des armées de la République, la sérieuse vie universitaire commença pour notre ami. Il se mit en devoir, lui aussi, de forger, d'assouplir, de tremper le pur acier de son style. Il travailla, se fit recevoir, à Poitiers, licencié ès-lettres en 1879, et publia, d'abord en feuilleton, chez l'imprimeur-éditeur Rivière, un premier roman, *Morte d'amour*, qu'il remania plus tard avant de le publier en volume, à Nîmes, en 1886, sous un nouveau titre: *l'Amour qui tue* et sous cette signature: *René des Rochettes*. Il signera de même une nouvelle : le *Baiser de la Religieuse*, qu'il avait intitulée d'abord l'*Holocauste*, et qui parut dans un journal de Nîmes, le *Midi*, en mai 1886.

Je ne pense pas que ces publications, dont la première trahit une inexpérience ingénue des mœurs réelles du Quartier Latin, et la seconde une véritable impuissance à échapper à la suggestion du romanesque sentimental de *Jocelyn*, présentent aujourd'hui quelque intérêt. A elles surtout s'applique l'appréciation de Rocheblave : « Toute prose d'Émile Trolliet, depuis l'époque de ses vétérances, à Charlemagne, jusqu'à son dernier article, était composée, rythmée et balancée comme ses vers... De là, quelque chose d'irréel qui flotte sur toute son œuvre, sa prose rappelant trop ses vers pour n'en pas devenir *poétique*, c'est-à-dire quelque peu imprécise [1] ». Il manquait à Trolliet pour écrire un roman vivant, au moins deux choses : le don d'observer et celui d'imaginer des âmes différentes de la sienne. Naïvement, et sans se douter le moins du monde de de l'infinie complexité du réel, il divisait tous les hommes en deux catégories, les aimants, les haineux. Et plus naïvement encore il rangeait dans la première catégorie, *a priori*, tous ceux qu'il ne connaissait pas. Il me dit un jour, vers 1894, un mot admirable. Comme je le mettais en garde contre la duplicité de certains politiciens : « Tu es donc menteur, s'écria t-il en riant de son bon sourire, qui désarmait, pour soupçonner les autres de mensonge ! » De toute autre bouche que de la sienne, cette boutade eût été une cruelle offense. Ce n'était que l'expression exacte de sa conception de l'humanité. Certes, on ne lui en imposait pas, et il était à cent lieues du fanatique ou du sot. Mais il avait la candeur entêtée. Si Tartufe ou

---

[1] Notice nécrologique, insérée dans l'*Annuaire* de l'Association amicale des anciens élèves de Charlemagne (avril 1903).

Macette se sont trouvés sur son chemin, ils ont dû avoir beau jeu avec lui.

Cependant, l'Inspecteur général Glachant qui le visita au printemps de 1880, à Châtellerault, le fit nommer d'emblée, la même année, professeur de rhétorique au Lycée de Laval, où il trouva pour Proviseur l'abbé Follioley, qui le prit en haute estime et resta en relations avec lui jusqu'à sa mort, survenue en octobre 1902. Là, il prépara, non sans quelque indolence, l'agrégation des lettres, à laquelle il fut reçu, dans un bon rang, en 1883, après une première tentative malheureuse. Là aussi, il composa et publia un Discours en vers sur le massacre de l'expédition Flatters, qui lui valut, dans le grand public, un commencement de notoriété. Coup sur coup, il eut, au Concours général des départements, d'abord le second, puis le premier prix de Discours français. Un premier, faible encore, mais exquis sourire de gloire éclairait sa jeunesse. Et, comme il était dans sa destinée d'éveiller partout où il passait et de faire fleurir autour de lui de délicates, de viriles affections, là aussi il eut le bonheur, qu'il préférait à la gloire, de s'attacher de nouveaux amis. Il se lia, à Laval, avec Albert Peltier, professeur de philosophie du lycée, Abel Combarieu, actuel-

lement secrétaire-général civil de la Présidence
de la République, Albert David-Sauvageot, qui
l'a précédé dans la tombe, et avec le beau-frère
de David, Alfred Baudrillart, entré depuis à
l'Oratoire. Il rencontra Joran, qui l'aima vingt
ans comme un frère [1] et à qui, le samedi 24 janvier 1903, veille de sa mort, il devait donner,
de ses lèvres pâlies par l'agonie qui commençait,
son dernier geste de tendresse.

Il aima Laval, il y fut aimé. Sans doute, il
n'y trouva d'abord que le bonheur. Mais la vie
sentimentale était trop prépondérante en lui,
trop délicate aussi et trop candide pour qu'il
pût échapper longtemps à la grande loi qui a
fait de la douleur la compagne inséparable de
la tendresse. Il ne m'appartient point de soulever
le voile qui cache le secret de sa vie, d'abord si
gaie et pleine d'espoir, dès lors mélancolique et
comme blessée à mort. Lui-même, dans l'*Âme
d'un Résigné*, a raconté, en la romançant, et, je
le crains, en lui ôtant sa saveur rare, l'aventure
cruelle dont il souffrit.

---

[1] Notre ami trouva chez M. et Mme Joran, qu'il avait connus
à Laval, et qui vinrent, plus tard, habiter Paris, une seconde
famille, ou, comme il aimait à le répéter « des parents de
choix. » C'est dans le salon de Mme Joran qu'il conçut l'idée de
l'*Âme d'un Résigné* et qu'il rencontra les principaux personnages
de ce roman.

Ce que je puis dire ici, c'est que l'attitude amoureuse, mélancolique et dolente un peu, qu'il s'était donnée d'abord, dans la prose ou les vers de sa toute première jeunesse, est devenue pour lui, après n'avoir été qu'une imitation d'un idéal romantique, la réalité même, la substance de son cœur. Et j'ajouterai, ce qui n'est pas pour surprendre, que du jour où ses vers de douleur et d'amour sont devenus vrais, d'une réalité dont il souffrit dans son âme et dans sa chair, ils sont aussi devenus plus beaux. Le plein épanouissement de son talent date des années qui suivirent son départ de Laval, survenu en septembre 1885.

A cette date Trolliet fut nommé professeur de Rhétorique à Nîmes. Comme d'ordinaire, il fut appelé à ce poste d'honneur (Nîmes était un lycée de 1re classe) sans avoir rien fait lui-même pour obtenir cette nomination. Heureusement, ses amis agissaient pour lui. Toute sa vie était concentrée dans son cœur. Il demeurait indifférent à sa carrière universitaire, et même au spectacle changeant des choses. Il regardait en dedans. C'est pourquoi le domaine de l'art plastique lui resta toujours à peu près étranger, non moins que celui de l'art musical. Il ne goûtait ni la beauté des lignes, ni les splendeurs de la lumière. Comment le Midi aurait-il eu prise sur lui ?

A Nîmes, il ne se plut guère. Cependant il y connut Mistral, Roumanille et Armand de Pontmartin, qui le mit en relation de correspondance avec M. Richardet, alors directeur du *Téléphone*. Ainsi se nouèrent les liens qui devaient unir, plus tard, Trolliet à cette Revue, devenue en 1893 la *Revue idéaliste*.

Si le ciel du Languedoc lui agréa peu, il eut du moins la joie de vivre, à Nîmes, dans l'intimité d'une femme charmante, Mme D... à laquelle il a dédié quelques-uns de ses plus jolis vers. Elle était protestante. Et je ne sais si elle essaya de le convertir. Elle y eût perdu sa peine. Trolliet était incapable de renier quoi que ce soit, ni de ses « cultes », ni de ses « tendresses ». Il ajoutait sans cesse de nouvelles affections aux anciennes, et de nouvelles aspirations religieuses à celle de son enfance. Mais il n'en rejetait aucune. Il les conciliait.

Mme D... contribua à l'arracher, pour quelque temps du moins, à la mélancolie. Elle essaya de le marier, elle ranima ses espérances de gloire littéraire. Elle fut sa Muse vivante. Il fit œuvre de poète et d'écrivain, prononça, à la

distribution des prix du lycée, un grand discours en vers sur la *langue française*, partagea
avec M. de Lescure le prix d'éloquence de
l'Académie française pour son *Éloge de Beaumarchais* [1], et, dès 1886, publia son premier
volume de vers : les *Tendresses et les Cultes*.

V

En 1888, M. Deltour, inspecteur général, qui
faisait grand cas de l'enseignement et des
poésies de notre ami, voulut le faire venir à
Paris. Aucune chaire n'était vacante dans les
lycées : le ministre proposa Emile Trolliet
comme professeur de seconde au Collège Stanislas, qui l'agréa. Il vint s'installer à Paris.
Tout de suite, il vit s'y épanouir dans sa vie
des joies et des amitiés nouvelles, sans parler
de cette gloire littéraire, voilée sans doute

---

[1] Dans l'excellente notice nécrologique qu'il a consacrée à
son ami, et qu'on trouvera, comme je l'ai indiqué déjà, dans
l'*Annuaire* de l'Association amicale des anciens élèves du lycée
Charlemagne (avril 1903) S. Rocheblave nous apprend « qu'une
bonne partie de ce travail fut imprimée, un peu plus tard, dans
la *Revue d'art dramatique*, disparue depuis ». C'est, ajoute-t-il,
« ce que Trolliet a produit de plus net et de plus vivant ».

comme sa voix, et discrète, mais qui peu à peu grandissait, s'épandait hors du cercle de ses relations, coulait peu à peu jusqu'au grand public littéraire quelques rayons, pâles encore, d'une lumière douce, exquise, de printemps frileux ou d'automne tardif. Le temps était proche où les grands journaux de la capitale reproduiraient des extraits de ses vers, où les critiques littéraires leur accorderaient le tribut d'estime qui leur était dû, où des traductions, en italien, en anglais, les feraient connaître au-delà de nos frontières, où des musiciens enfin, parmi lesquels M. Massenet, s'en inspireraient. [1]

Le collège Stanislas, où fraternisaient depuis de longues années l'Université et l'Eglise, avait fort bien accueilli le catholicisme tout personnel, dont sans dissimulation, ni parade, il faisait profession. On le savait respectueux des croyances qu'il ne partageait plus ; et sa délicate tolérance, ses hautes aspirations morales le faisaient estimer trop haut pour qu'on songeât à le soumettre à une inquisition qui n'était pas, au

---

[1] A ma connaissance, quatre poèmes de Trolliet, au moins, ont été mis en musique : *Amour mystique* et *Ton baiser*, par M. Emile Schwartz ; *Sœur d'élection* et *Mélodie d'automne*, par M. J. Massenet.

reste, dans les habitudes de cette maison libérale. Chargé d'abord du cours de seconde, il dut, un peu plus tard, suppléer en rhétorique M. Doumic. Il fut enfin, le 1ᵉʳ septembre 1894, titularisé dans cette chaire, après avoir quelque temps, par intérim, occupé celle de troisième.

Dès le premier jour, il avait voué à l'établissement où vivait encore la mémoire du P. Gratry un attachement fidèle. Malgré les instances de quelques-uns de ses amis, qui auraient mieux aimé le voir dans un lycée, il refusa toujours de quitter Stanislas. Il sut bien vite s'y faire aimer. Sa distinction morale, la gravité de sa parole, toujours sincère, toujours bienveillante, exempte de toute ironie, l'aménité de ses manières, son beau talent de poète, ses distractions même (car il en avait comme La Fontaine) lui valaient l'affection, quasi fraternelle, de ses élèves. Ses collègues, qui goûtaient sa réserve où ne se marquait aucune trace de hauteur, d'indifférence ou de pose, l'entouraient de leur estime. Quelques-uns eurent la joie d'entrer dans son intimité.

Il y retrouva David Sauvageot, qu'il a si vite suivi dans la mort, il y connut Paul Desjardins, dont il partagea les généreuses ardeurs, et auquel il donna tout son concours, lors de la fondation de

l'Union pour l'Action morale. En une circonstance
que le public parisien n'a pas oubliée, ce fut lui
qui, en beaux vers, salua, au nom du Collège
où Rostand avait ébauché ses premières poésies,
le glorieux auteur de *Cyrano de Bergerac.* Lors
des tristes discordes qui agitèrent la France
vers 1899, l'autorité de Trolliet à Stanislas était
si bien établie que nul, dans ce milieu conservateur, ne songea à lui demander compte de
ses paroles, rendues publiques, et de l'attitude
qu'il avait hardiment prise entre les partis.

Le mal dont il est mort le menaçait depuis
longtemps sans doute. Mais s'il s'est abattu si
brusquement sur lui, et s'il l'a si vite terrassé,
c'est que notre pauvre ami se sentit frappé dans
ses affections les plus chères, lorsqu'il se vit
condamné, par suite du vote de la Chambre et
de la décision ministérielle, à quitter le collège
Stanislas, s'il voulait demeurer membre de
l'Université. Ce fut une affliction au-dessus de
ses forces, déjà bien affaiblies. Il ne lutta plus,
il s'abandonna à une tristesse morne, dont l'expression était visible sur son visage, dans son
attitude, dans sa parole comme cassée, et qui
frappa tous ses amis au retour de son dernier
voyage en Dauphiné, en septembre 1902. Quinze
ans il avait vécu de la vie de ce collège à la fois

religieux et libre, universitaire et catholique. Puisque ce régime de tolérance et de fraternelle concorde était condamné à disparaître, lui aussi n'avait plus qu'à mourir. Partisan sincère des lois de laïcisation et de la neutralité scolaire des écoles publiques, il avait en horreur le monopole de l'enseignement, qu'il fût au profit de l'Etat ou d'une Eglise. Peu sympathique aux congrégations batailleuses et violentes, il avait espéré que la République laisserait la liberté d'enseigner aux congréganistes pacifiques et au clergé séculier. Habitué, dans les discussions courtoises qu'il aimait, à rendre justice à tous les partis, il fut épouvanté des violences politiques qu'il n'avait point prévues. Tous les ressorts de son activité morale en furent comme brisés. Un sentiment de lassitude intellectuelle s'ajoutant à ses douleurs physiques, il en venait à une sorte d'hallucination, de désespérance, où il sentait sombrer sa foi et sa raison. D'anciennes souffrances se réveillaient, torturaient sa sensibilité exaspérée. Comme Léopardi, qui lui aussi souffrait dans sa chair d'homme, dans son cœur de poète et dans sa conscience de citoyen, il connut enfin « le charme de la mort. »

VI

A Paris, ses occupations professionnelles n'épuisèrent jamais toute son activité. Il la dépensa au contraire, jusqu'à sa dernière année, avec une générosité qui ne dépassait que trop la limite de ses forces physiques. Il continua, comme il faisait depuis sa sortie du Rondeau, à composer presque tous les jours des vers. Avant de les écrire, il les portait longtemps dans sa mémoire, et surtout dans son cœur, qui s'épanchait ainsi, s'exaltant continuellement dans les aspirations vers l'Idéal, s'orientant de plus en plus vers l'Amour universel, vers l'Harmonie parfaite, vers la Paix. C'est cette méthode de travail qui nous a fait perdre le fruit de ses dernières méditations, les beaux poèmes qu'il destinait à son livre, *Le Matin d'un Siècle*, que la mort l'a empêché de rédiger. Mais il les avait récités à son ami, le poète Achille Paysant, dont le témoignage est là pour attester que ces chants suprêmes étaient supérieurs à tous ceux qu'il nous a laissés.

Il publia deux volumes en vers : en 1891, la *Vie silencieuse*, en 1900, la *Route fraternelle* ; deux volumes de prose, l'*Ame d'un résigné*, qui parut à la Noël de 1894, et *Médaillons de poètes*, en 1900. Il écrivit d'innombrables articles dans le *Téléphone*, devenu en 1893 cette *Revue idéaliste* à laquelle il donna lui-même ce nom, qui résume l'ensemble de ses conceptions philosophiques, morales et religieuses. Il entra au *Moniteur* comme critique littéraire et pendant plusieurs années y écrivit des articles de fond très étudiés, très brillants. Il fut le collaborateur ou l'ami d'un grand nombre d'autres publications, toutes orientées vers la beauté, la fraternité sociales : l'*Union pour l'Action morale*, le *Sillon*, le *Foyer du Soldat*, la *Paix par le Droit*, la *Coopération des Idées*, la *Revue des Poètes*, l'*Echo de la Semaine*, la *Correspondance Universitaire*, l'*Education moderne*, etc., etc. Il se dépensait en conférences, en lectures populaires, en discours en vers. On n'a pas oublié les poèmes qu'il récita à Mâcon, lors de l'érection de la statue de Lamartine ; à Grenoble, le jour où fut inauguré le Monument des Etats du Dauphiné. Il était de toutes les sociétés où l'on souhaitait entendre sa parole et applaudir ses vers, qu'il disait d'une voix grave, tantôt un peu martelée et soulignée de gestes sacerdotaux, comme celle d'un apôtre, tantôt, au contraire, caressante, achevée en rire candide, comme celle d'un enfant. Partout où il paraissait, il était aimé. Les deux sociétés dauphinoises de Paris, le *Gratin* et les *Enfants de l'Isère,* saluaient en lui le poète du Dauphiné et s'émerveillaient de retrouver dans la grâce de ses vers et de son sourire celle des fleurs et de la lumière de la terre natale, sans rien de la rudesse ou de l'aspect formidable de l'Alpe. Jamais, à vrai dire, il ne prenait de repos. Ses vacances même, qu'il abrégeait toujours pour revenir plus tôt à Paris, dans sa paisible et silencieuse rue Le Verrier, voisine des pelouses du Luxembourg qu'il aimait, n'interrompaient ni sa multiple correspondance, ni ses articles, ni ses travaux, ni les soins assidus qu'il prodiguait à la rédaction de la *Revue idéaliste.* Le cortège nombreux où fraternisaient tous les partis et toutes les Eglises qui a accompagné son cercueil à travers Paris, les paroles d'adieu qui lui furent adressées, les larmes qui furent versées alors, disent, mieux que je ne saurais faire, tout le bien qu'il avait répandu autour de lui, toute la floraison de sympathie, de gratitude, d'amour, qu'il avait su faire germer sur sa route pendant ces quinze dernières années de sa vie.

Elles lui furent heureuses, en somme, et sans guérir la blessure profonde qui se rouvrait parfois, elles lui donnèrent de douces et viriles joies. Les premières surtout furent charmantes. Son entrée au *Moniteur* l'avait mis en relations personnelles avec le monde littéraire. Il se lia avec son compatriote, le poète-romancier Barracand, il connut Jules Lemaître, Paul Bourget, Sully Prudhomme, Emile Faguet, le poète Fabié, Henri Fouquier dont il estimait l'indulgente philosophie. Il fut présenté à Mme Arvède Barine, qui le tint en estime singulière et voulut lui ouvrir les portes de la *Revue suisse.* Sa critique de la *Revue idéaliste* lui permit de suivre attentivement l'évolution, si remarquable, du théâtre et de la poésie de ces dernières années : son talent y gagna en souplesse, s'imprégna d'une plus grande vérité humaine, s'émancipa des formules lamartiniennes et romantiques où trop longtemps il était demeuré emprisonné. Il ne méprisa plus Verlaine: et, pour rappeler les termes mêmes dont il aimait à se servir, il admit que le vers fût, sinon libre, du moins libéré. [1]

---

[1] « Trolliet n'est pas un novateur en versification : il use des formes traditionnelles. Cependant il condamne le *vers libre*, il croit à l'avenir du *vers libéré*, et ce n'est que justice de rappeler qu'il s'est servi le premier de cette heureuse distinction» (Gustave Zidler, *Revue des Poètes*, 10 février 1904). Cette distinction se réduit, malheureusement, à un jeu de mots, à une antithèse purement verbale, comme cela arrive trop souvent à

Dès son retour à Paris, en 1888, il avait été présenté dans le salon de la marquise de Blocqueville qui était, comme on le sait, la fille du maréchal Davoust. Il en devint bien vite un des hôtes les plus assidus et les plus estimés. Il fréquenta chez la vicomtesse de Janzé, chez Madame Beulé, chez Madame Cogniet, chez Madame Sangnier, fille du grand avocat Lachaud et filleule de l'auteur d'*Eloa*. Il fut reçu en divers salons de poètes, d'académiciens. Il y connut un monde un peu différent de ceux où il avait vécu jusqu'alors. Sa distinction native lui permit d'y entrer de plain pied. Sa charmante simplicité le préserva d'y perdre le naturel de son esprit et de ses mœurs. Il y dépouilla ce que l'éducation provinciale et la profession universitaire pouvaient avoir mis d'un peu étroit autour de sa conception de la vie. De délicates, d'exquises amitiés de femmes supérieures firent alors rayonner sur sa vie cette suave lumière des affections très pures que seuls connaissent les cœurs chastes. Une de ces amies, Madame Delzant, l'a suivi de bien près dans la mort.

Trolliet. Il attachait trop d'importance à la moralité de ses œuvres pour les ciseler en artiste. Dans le même article, M. Zidler dit fort bien : « La beauté qu'il aime chez les autres et pour lui est avant tout une beauté *morale*.»

C'est dans son salon où il put rencontrer
Mlle Blaze de Bury, Me Bentzon-Blanc, MM.
Chaumié, Fagel, Moyaux, [1] Henner, J.-H.
Rosny, Mallarmé, Bikélas, etc., qu'il goûta le plus
pleinement peut-être le charme de cette conversation élégante et élevée qu'il aimait. Tout
son être s'épanouit alors en liberté et en
beauté. En habit et cravate blanche, mince
dans sa haute taille, un exquis sourire illuminant de joie mélancolique ses yeux bleus de
jeune fille, avec sa belle barbe blonde, son haut
front très blanc et ses longs cheveux d'or, il
avait toujours l'air d'un Prince charmant qui
ressemblerait un peu au Bon Pasteur.

Il connut cette douceur de vivre, dont parle
quelque part Talleyrand. Mais sa santé ne fut
jamais bien brillante. Dès 1894, me semble-t-il,
elle commença à décliner doucement. Lui cependant, à mesure qu'il sentait baisser ses forces
physiques, redoublait d'activité intellectuelle,
et, peu à peu, concentrait toutes ses forces
morales, toute l'énergie de son âme sur un

---

[1] M. Chaumié, ministre de l'Instruction publique, a bien
voulu accepter la présidence d'honneur du comité Trolliet.
MM. Moyaux, de l'Institut, et Fagel sont les auteurs du monument et du médaillon qui furent inaugurés à St-Victor de
Morestel le 7 août 1904.

petit nombre de questions qui lui tenaient au cœur. Un apôtre grandissait en lui, se substituait lentement au poète. Ou plutôt, mutilant volontairement sa Muse, et s'interdisant les libres caprices de l'imagination, il en arrivait, jour par jour, à consacrer tout son talent à l'œuvre de bonté qu'il rêvait. Jamais il n'avait habité la tour d'ivoire, chère aux impassibles. Mais, de plus en plus, il voulait aller à ceux qui souffrent, et, de ses douces mains de poète, panser leur cœur ulcéré, comme il pansait, depuis bien des années, son propre cœur. N'ayant pu se guérir, il espérait du moins guérir les autres. En 1895, étant venu me voir à Allevard, pendant les vacances, il me dit ce mot que je n'ai pas oublié : « Je n'écrirai plus un mot qui ne soit un acte. »

Cette parole éclaire l'évolution qui se fit en lui vers cette époque. [1] Elle est confirmée par quelques lignes de l'*Ame d'un résigné*, qui parut dans les derniers jours de 1894. « Cet hiver,

---

[1] A cette métamorphose du poète en apôtre, les encouragements de Madame Delzant contribuèrent peut-être, au moins indirectement. Je trouve, à ce sujet, quelques indications précieuses dans un livre qui vient de paraître (Gabrielle Delzant, 1904, Librairie Lahure), où une main pieuse a réuni les souvenirs et les lettres de cette femme d'esprit et de cœur.

nous irons dans les milieux ouvriers faire des
conférences au peuple. » Trolliet, en effet, suivant à la lettre le programme de son héros,
Emmanuel de Valboisé, alla « faire des conférences au peuple ». Il se lia avec Maurice Bouchor, qui l'entraîna, et il fut l'un des promo-
teurs de ces *lectures populaires*, aujourd'hui
célèbres, qui précédèrent la fondation des
Universités populaires. A ce dernier mouvement,
notre ami ne fut pas étranger. Ami d'Henry
Bérenger, il fut le collaborateur de Deherme,
qui fonda l'U. P. du faubourg Saint-Antoine,
et de Dick May, qui fonda celle du XIII⁰.
Il collabora, sinon effectivement, du moins
par sa généreuse sympathie, à la fondation
du *Sillon* et de l'*Institut populaire* du V⁰ qui
furent l'œuvre de son ami Marc Sangnier.
Presque tous les quartiers de Paris le virent
prodiguant au peuple ses conférences et son
enseignement, et toujours lui parlant, tantôt
en prose, tantôt en vers, de cette grande
vertu des Pacifiques, l'amour désintéressé de
la Justice et de la Liberté. A lui comme au
« vieillard divin », à Victor Hugo, le poète
italien Carducci eût pu adresser aussi ces beaux
vers :

Canta a la nuova prole............
Il carme secolare del popolo latino
Canta al mondo aspettante Giustizia e Libertà ! (1)

VII

Toute cette dernière partie de la vie d'Emile Trolliet, la plus belle, la plus vivante, ne s'explique bien que si l'on suit pas à pas, dès le début de sa vie d'écrivain, à travers ses œuvres en prose et surtout à travers ses poésies, l'évolution de son âme. Lui-même, en publiant l'*Ame d'un Résigné*, nous a livré le fil conducteur. Revenons donc un instant sur nos pas.

Son premier volume de vers, les *Tendresses et les Cultes*, qu'il a divisé en quatre parties aux titres significatifs : *les Heures de trouble, les Heures d'apaisement, les Heures d'idéal, les Heures de piété*, était un mélange curieux et un peu déconcertant de sensualité apparente et d'innocence profonde. Certains vers, certaines imitations de Musset, certaines expressions passionnées pouvaient faire illusion. A lire les pièces intitulées : *la Création de la femme, A la*

---

(1) Chante à la race nouvelle le chant séculaire du peuple latin ; chante au monde attentif Justice et Liberté !

beauté, Cri du cœur, Voyage à deux, A des violettes, la Tendresse. Oh ! ne me parle plus ! Ton baiser, Tes larmes, Amour inassouvi, etc., et si l'on ne connaissait rien autre chose de notre ami, on se ferait de lui une idée bien fausse. Il y a là beaucoup d'expressions voluptueuses, beaucoup de « blancheurs nacrées », de « lèvres altérées» ou «adorées», de « lits sur la mousse» de « bras » qui sont des « colliers roses », de « chairs parfumées », de « nids tièdes », de « frissons de la chair », de « coupes d'ivresse » et de « coupes d'amour.» Ne vous y trompez pas. Ce sont façons de parler poétiques, empruntées à la lecture des romantiques, que Trolliet a longtemps, trop longtemps aimés. Regardez de plus près. Lisez *A moi l'expiation,* lisez surtout *Amour mystique.* Vous vous convaincrez que le poète, même quand il croyait aimer et souffrir comme le poète des *Nuits,* était plus pur, plus candide encore, je ne dis pas que Lamartine, mais que *Jocelyn.* Et que son amour ait été profond et sa douleur cruelle, je ne le nie pas : mais, je ne reconnais point Éros. Quelque chose de la Vénus céleste transfigure, idéalise ces transports, où le cœur et l'imagination ont infiniment plus de part que les sens.

En outre, ce sonnet de l'*Amour mystique,* caractéristique de la conception toute religieuse que Trolliet s'est toujours faite de l'amour, marque d'un trait lumineux l'attitude que, dès cette époque, il prend envers Jésus et le dogme catholique. Il garde la piété, mais il n'adore plus. Disons le mot, il n'a plus la foi orthodoxe. Jamais homme croyant à la présence réelle du Rédempteur dans l'Eucharistie n'aurait osé écrire ces vers :

> Lorsqu'avec un frisson mon cœur entier se pose
> Sur tes yeux de velours ou tes lèvres de rose,
> Ce baiser me paraît une communion.

Je n'approuve ni ne blâme, je constate. Au reste, Trolliet lui-même s'en est expliqué assez clairement dans l'*Ame d'un résigné*. Il voit dès lors, dans l'Evangile, « de la poésie, de la vie et de l'humanité ». Il n'y voit plus le mystère du Dieu fait homme.

Cela est capital. Trolliet reste religieux, mais il n'est plus croyant. Il lit toujours le Nouveau Testament. Peut-être le lit-il plus qu'il n'avait fait au Rondeau. Mais il laisse de côté les prophéties, les miracles, et va droit à la morale, aux paraboles, au sermon sur la montagne, aux récits relatifs à la Magdaléenne et à la femme adultère, à l'enseignement de douceur, de pitié,

de miséricorde, de pardon. Le « rouge Calvaire »
comme il écrira plus tard, lui paraît certes plus
grand que le « Parthénon de Phidias ». Mais le
Jésus qu'il aime de toute la piété rêveuse de son
âme, ce n'est pas le « Crucifié » c'est le « Galiléen » ; non pas le Dieu, mais le « divin » pèlerin
des rives de Génézareth.

Il était mûr dès lors pour subir l'influence
de Renan, celui de la *Vie de Jésus* et de *Marc-
Aurèle*. Dès lors il inclinait vers un certain
christianisme très élevé et très libéral, mais
affranchi de toute croyance au surnaturel, celui
d'Auguste Sabatier, par exemple, l'auteur du
livre qu'il prisait si fort : *Esquisse d'une philosophie de la religion*.

Seulement, il n'y vint pas tout de suite. Sa
douleur, le heurt cruel aux réalités de l'amour,
la trahison d'une femme moins idéaliste que lui,
toute cette triste aventure de jeunesse l'avait
déchiré. Elle ne l'avait point irrité. Son cœur
en sortait intact, sans être ni « brisé » ni
« bronzé », plus tendre au contraire, plus
pitoyable. Son amertume « se fondait en douceur. » Nulle révolte en lui, nulle âpreté même.
Des pratiques religieuses de son enfance, il
avait gardé l'habitude d'élever son âme à Dieu.
Il priait pour lui, pour celle par qui il souffrait,

pour tous ceux qui souffrent, pour toutes celles qui font souffrir.

Et puis, lentement, en mêlant le sourire aux pleurs, il panse sa blessure. Il se laisse aller aux petites joies, un peu puériles, des convalescents. Il fait des vers sur l'amitié, sur les enfants, sur les cadeaux qu'il donne ou qu'il reçoit, sur ses lectures, sur les événements de sa famille, deuils, mariages, naissances, premières communions. Ce sont les *Heures d'apaisement,* et ce sont des vers qui n'offrent guère d'intérêt. Mais ils se terminent par une très belle pièce : *Pensées d'automne.* Pour la première fois, Trolliet rencontre la nature, la vraie, non pas celle de *Jocelyn,* et la sublime consolatrice lui inspire des accents mélancoliques et touchants, dignes déjà de cet admirable poème qu'il composera à la veille de sa mort : *les Adieux du Soleil.* Cette fois, le poète a trouvé l'éternelle source de poésie profonde, et il chante *les Heures d'idéal,* où se trouvent des strophes éloquentes sur Lamartine et sur le Dauphiné.

Malheureusement, Emile Trolliet a trop admiré, et d'une admiration trop étrangère à l'art, trop scolaire, Victor Hugo, celui des Odes, surtout celui des drames. Il confond trop la strophe avec la tirade en vers, s'émeut trop

aisément, et avec un peu trop de rhétorique
peut-être. De là ces poèmes, qui ne manquent
certes pas de talent, mais qu'il est difficile de
ne pas trouver un peu trop dépourvus d'originalité sur « Sarah », sur « la Maison de
Molière » sur la « Reprise de la *Fille de
Roland* », sur la « Mission Flatters », sur
« l'assassinat du czar Alexandre », etc.

Ce sont-là des sujets qu'un artiste jaloux de
sa gloire et orgueilleux de son art eût hésité à
traiter, parce qu'il est à peu près impossible de
n'y pas sombrer dans l'honnêteté oratoire,
c'est-à-dire dans le lieu commun. Nul moyen
peut-être d'y briller que par le scepticisme,
le paradoxe ou la perversité. Or, Trolliet était
tout le contraire d'un amateur de paradoxes,
d'un sceptique ou d'un pervers. Non, certes,
qu'il manquât d'esprit, mais il avait encore plus
de cœur ; et de son éducation catholique il avait
gardé le pieux respect de certaines traditions.
De sa primitive vocation ecclésiastique, il avait
même conservé le goût de l'apostolat ; et d'avoir
souffert, cela le pénétrait de charité, lui inspi-
rait le désir d'être utile aux hommes, de leur
prêcher la vertu, la sagesse, le respect de tout
ce que Cousin, un demi-catholique aussi, appelait le Vrai, le Beau et le Bien.

Peut-être aussi faut-il tenir compte de l'entourage d'ecclésiastiques et de conservateurs, d'écrivains spiritualistes, de protestants et surtout de protestantes, dont Trolliet, à Nimes et à Paris, a toujours recherché les conversations édifiantes, très morales, pieuses et assez semblables à une prédication mutuelle. Il avait trop de tendresse pour ses cultes, et trop de culte pour ses tendresses (lui-même eût aimé, je pense, cette formule antithétique qui le résume) pour renoncer officiellement, ouvertement, à la religion de son enfance, de ses premiers maîtres, de ses premiers amis, de sa famille. Il était trop délicat, trop pacifique, avait trop de tact et de courtoisie pour prendre, à l'égard d'une croyance, d'une philosophie, d'une tradition, une attitude agressive, brutale, farouche. Mais, des *heures de trouble* aux *heures de piété* à travers les *heures d'apaisement* et les *heures d'idéal*, il évoluait avec une douceur tenace du catholicisme orthodoxe vers le philosophisme religieux et libéral, de la croyance au surnaturel vers une manière de spiritualisme un peu vague qui suffisait à sa religiosité résignée. Comme beaucoup d'hommes de France, il avait suivi, en sens inverse, le mouvement qui a entraîné beaucoup d'Anglais du protestantisme au catholicisme, et pour les mêmes raisons : le besoin d'échapper aux formules officielles, à ce qu'il appelait le « pharisaïsme » et de suivre les inspirations d'une sentimentalité généreuse, active. toute brûlante de la charité des apôtres. Comment n'eût-il pas saisi toutes les occasions de prêcher aux hommes, de consacrer ses dons de poète et d'écrivain à un apostolat laïque et social? Il était à cent lieues de penser, comme Malherbe, que les poètes sont aussi peu utiles à l'État que les joueurs de quilles. Plus modestement, mais plus sincèrement encore que Victor Hugo, il croyait que le poète a une mission. Il se regardait, le mot est de lui, comme un « fonctionnaire de l'idéal.»[1]

VIII

C'est dans cet esprit qu'il composa, à Laval et à Nîmes, un certain nombre de vers qu'il réunit, à la fin de son premier volume, sous ce

---

[1] Il serait utile, mais non indispensable peut-être, de consulter, pour se renseigner sur l'évolution qui se fit en Trolliet, le *Journal intime* de sa vie. Sa famille en possède un fragment, qui va du 10 juillet 1880 au 10 juillet 1885. Je n'ai pas eu l'indiscrétion d'en demander la communication, j'en connais seulement le début, où je lis les lignes suivantes : « Va, je t'aimerai bien, petit témoin de ma vie monotone ! Souvent, le soir, je viendrai causer avec toi comme les jolies femmes vont avant de s'endormir causer avec leur miroir. Tu recevras mes

titre : *Heures de piété*, qui peut faire illusion.
Qu'on les lise : il s'agit de piété envers les
morts, envers les parents, envers la Patrie,
envers l'Humanité : point du tout de piété
envers le surnaturel chrétien.

C'est dans cet esprit surtout, et avec une
maîtrise incomparablement supérieure qu'il
composera les diverses pièces dont est formé
son troisième recueil de vers, *la Route fraternelle.* Mais, dans l'intervalle, pendant une
période d'une dizaine d'années, de 1881 à 1891,
il s'est replié sur lui-même, il s'est recueilli, il
a « pris le sentier du silence » et a composé les
vers de *la Vie silencieuse.* En les lisant de près,
on s'aperçoit que cette période a été féconde.
Non seulement, en effet, il a évolué, comme je
l'ai montré plus haut, d'une religiosité encore
à demi catholique vers un spiritualisme encore
religieux, qu'il est possible, comme j'essayerai
de le faire, de préciser au moins dans ses
grandes lignes. Il a passé, aussi, du sentimen-

impressions comme il reçoit leurs traits, et tandis qu'elles voient
s'il n'est pas d'imperfection à leur beauté, je verrai s'il n'est pas
de tache sur ma conscience. O mon petit journal, sois le miroir
de mon âme ! » Trolliet avait-il pris pour modèle l'*Introduction
à la vie dévote* ? Sa vertu, on le voit, n'était pas exempte d'une
manière de coquetterie un peu mignarde à la façon de François
de Sales. Il n'aima jamais beaucoup Pascal.

talisme à l'intellectualisme, de l'émotion à la pensée, du sourire ou de la plainte, qui témoignent encore des « cultes » non abolis et des « tendresses » persistantes, à la méditation. Et en même temps son vers devient plus concis, plus ferme, plus riche de mots rares et d'harmonie, plus sobre d'antithèses, d'allitérations, de balancements trop faciles, de tout ce que Verlaine appelait dédaigneusement « littérature.» Mais on sent très bien que quelque chose, toujours, s'oppose à un progrès décisif du poète vers un art original, qu'une force invincible l'écarte du grand mouvement poétique accompli par les symbolistes à la même époque.

C'est d'abord qu'il est resté fidèle aux admirations littéraires de son enfance, admirations qui ne peuvent pas ne pas être un peu factices, puisqu'elles sont contradictoires, et qu'il admire ou croit devoir admirer également Lamartine, Musset et Hugo. C'est, ensuite, qu'au fond il n'aime et ne goûte bien que Lamartine, le moins artiste des trois. Or, aimer de cet amour, vers 1885, un poète qui a apporté une note nouvelle en 1820 est peut-être une marque de goût : ce n'est pas une excellente condition pour être original et neuf.

En outre, notre ami, à ce moment surtout, à

Nîmes comme à Paris, aime le monde, non point celui où l'on s'amuse, ni peut-être précisément celui où l'on s'ennuie, mais celui où l'on cause comme on causait à l'hôtel de Rambouillet. Dans ces salons, où la jeunesse même et la grâce et l'amour ont quelque chose d'un peu solennel, le respect du passé, de tout le passé qu'a consacré la gloire, s'impose comme la politesse envers les personnes. La courtoisie exige qu'on y salue Jésus et l'Empereur, Voltaire et la Pucelle, Louis XIV et Quatre-vingt-neuf.

Tous les dieux morts, naguère rivaux, s'y réconcilient parmi les vers, les causeries, les bonbons et le thé ; le respect de tous et de toutes encense tour à tour leurs autels.

Trolliet aimait le respect. Il ne s'est que lentement dégagé de ces influences d'un milieu tout spécial, où il avait trouvé bon accueil, où il n'était point exposé à rencontrer ces ironiques, ces sceptiques, ces réalistes qu'il n'aimait pas, où une atmosphère de politesse un peu précieuse et d'honnête galanterie favorisait ce besoin qu'il avait d'exprimer en vers son amour pour tout ce qui lui paraissait grand, noble, pur. C'est dans ce monde qu'il s'attarda à goûter plus que de raison la poésie de M. François Coppée et la littérature de M. Paul Bourget. Et c'est l'atmosphère de ces

salons que l'on respire parfois, non sans déplai-
sir, en feuilletant ce volume de la *Vie silencieuse*
dont quelques pages sont très belles, et font pré-
voir les admirables poésies de la dernière période.

IX

Les circonstances firent cesser ces influences
mondaines qui, non plus que les influences
livresques, n'avaient pu donner à l'idéaliste
Trolliet le contact fécond de la vie. En 1889, sa
plus jeune sœur se maria, vint habiter Grenoble.
Depuis sa sortie du Rondeau, il n'avait guère
revu la montagne dauphinoise. Il passait ses
vacances à St-Victor et à Corbelin, loin de
l'Alpe. Il avait voyagé quelque peu, était allé
deux fois en Italie, promenant sa mélancolie,
ses rêves, sa santé toujours un peu débile à
travers des paysages qu'il ne voyait pas, en des
villes qu'il ne regardait guère [1]. Après le
mariage de sa jeune sœur, il vint régulière-
ment passer chaque année quelques semaines à
Grenoble et dans les environs. Il vit, non plus
de ses yeux d'enfant, d'élève du Rondeau, mais

---

[1] Au rebours de Théophile Gautier, Trolliet ne « voyait »
pas le « monde matériel ». Quiconque est allé à Florence n'a,
pour s'en convaincre, qu'à lire dans la *Vie silencieuse* la pièce
intitulée *Florence*.

de ses yeux d'homme, les forêts sereines, les prairies en fleurs, les neiges splendides. Il fit, à pied, quelques excursions en montagne. Il fut obligé de regarder les âpres sentiers où il posait ses pas, les roches ensoleillées qu'il frôlait dans sa marche, les torrents indomptables dont le fracas l'assourdissait. Un souffle, celui de la libre montagne, souleva son âme, emporta la buée fade des salons, le brouillard tissé de tristesses un peu mignardes où longtemps il s'était complu [1]. En face des Alpes colossales et vaporeuses, sur le sol même de la vallée héroïque qui va de Château-Bayard à Vizille, il sentit en son cœur grandir et se préciser son idéal.

A la même époque, à Paris, les luttes du boulangisme réveillèrent en lui le citoyen toujours épris de Lamartine ; il étudia en lui l'orateur, l'homme politique, le socialiste, plus qu'il n'avait fait jusqu'alors. Il fut touché de

---

[1] M. Charles Brun a bien senti cela quand il a écrit dans la *Revue des Poètes* du 10 mars 1903 : « J'imagine que cette âme qui avait rencontré un corps et s'en accommodait comme elle pouvait, eût gagné je ne sais quelle fraîcheur et quelle force au commerce journalier avec les bois, les glaciers et les sources ». Mais Trolliet, contrairement à ce que semble croire M. Charles Brun, n'eut jamais à Paris la « nostalgie » du Dauphiné. Tout au contraire, il abrégeait ses vacances en Dauphiné, par « nostalgie » de Paris.

la générosité des théories de Pierre Leroux. Il se passionna pour la République, pour la Démocratie, pour la Liberté. Le terrible procès de 1894 le réveilla tout à fait. Il comprit que le véritable idéal, celui pour lequel tout homme doit lutter, c'est la Justice.

Ainsi, le contact avec la montagne dauphinoise, le contact avec la réalité politique et sociale lui donnaient la virilité de la pensée, lui apportaient une force tranquille, une fermeté, une hardiesse que nous ne lui soupçonnions pas. De plus en plus nourri des pages les plus miséricordieuses de l'Evangile, du sermon sur la Montagne qui devenait, à la lettre, la règle de sa vie, il se révélait enfin à lui-même ce qu'il était, ce qu'il devait être, un apôtre, mais un apôtre de la paix, en même temps que de la justice et de la liberté. C'est un livre d'apôtre, autant que de poète, qu'il nous eût donné sous ce titre, auquel il rêvait quand il fut surpris par la mort : *Le Matin d'un Siècle.* [1]

---

[1] C'est à cette époque que M. Faguet, qui estimait Trolliet, lui consacra dans la *Revue 'Bleue* du 17 octobre 1896 un article intitulé *Demi-Apôtre*. Le mot paraîtra tout à fait juste si l'on veut se rappeler que M. Faguet, à qui plaisent ces nuances délicates, ces atténuations ingénieuses qui le préservent de tout jugement excessif, a appelé quelque part Sainte-Beuve un « demi-créateur ».

Le *Résigné* n'était plus, et non plus le « mystique amant » de celle dont le « baiser » est une « communion ». Le penseur, l'homme d'action, le citoyen prenait conscience de lui-même. Sa vie silencieuse et douce n'avait été longtemps que tendresse et résignation. Brusquement, les journaux du boulevard claironnaient ses lettres batailleuses. Il connut, au faubourg St-Antoine, chez Deherme, la joie des acclamations populaires qui saluaient en lui un ami du peuple. Et il nous donna le livre de la *Route fraternelle*, où il a mis, sinon ses meilleurs vers, du moins, ceux qui expriment le mieux, le plus fortement, le plus personnellement aussi, ce qu'il y avait de meilleur en lui. [1]

Coïncidence significative ! la même année, il réunit et publia en volume, sous ce titre : *Médaillons de poètes*, les études que depuis plusieurs années déjà, il donnait à diverses Revues, notamment à la *Revue idéaliste*, études soi-disant critiques, qui ne sont, au fond, que des méditations morales, toutes trempées d'universelle bienveillance. Et il suffit de rapprocher

---

[1] « Jamais œuvre ne fut davantage fille de la vie et de l'âme : le poète a vécu ce qu'il a chanté, et son chant ne fut que la fleur de son existence » (Gabriel Sarrazin. — *Revue Idéaliste* du 1er juin 1903).

la *Route fraternelle* et les *Médaillons de poètes*,
pour se convaincre que les préoccupations
purement littéraires n'intéressent plus guère
leur auteur. Il ne songeait plus qu'au côté moral
des choses, se regardait lui-même comme tenu
de prêcher à tous et partout, la mansuétude, la
douceur, la concorde.

En 1902, il met le sceau à cet apostolat en
publiant la *Paix dans la Nation et entre les
Nations*, et l'on peut dire que de 1900 à sa
mort il n'a pas publié une ligne, pas écrit ou
prononcé un mot, pas ébauché un sourire ou
un geste quelconque sans viser toujours à ce
haut idéal : la paix entre les hommes, la conciliation, l'harmonie, l'amour universel. Il ne
travaillait pas seulement à réaliser ce beau rêve.
Naïvement, il le croyait à bref délai réalisable.
Il avait foi en l'aube d'un siècle nouveau. Et, se
rendant bien compte, cependant, de ce qu'il y
avait de candide dans cette foi et dans cette
espérance, qui étaient sa vie même, il en venait
à se glorifier de cette candeur, et tranquillement
signait du pseudonyme de « Candidus » quelques-uns de ses articles de la *Revue idéaliste*.
Pourtant, nul de ceux qui l'ont connu dans cette
dernière période de sa vie ne le trouva ridicule :
tant sa bonté quasi angélique désarmait le

sarcasme ! La monotonie même de sa prédication pacifiste avait quelque chose de touchant.

Nous ne regretterons jamais trop que la mort l'ait empêché de nous donner ce livre qu'il préparait avec tant d'amour : *Le Matin d'un Siècle* [1].

X

Cantonné dans le domaine idéal des sentiments affectueux, il ignorait profondément celui des intérêts, de l'action pratique, des méthodes précises. Il ne se laissait même que difficilement entraîner sur le terrain des discussions systématiques, où l'on fait abstraction des sentiments, où l'on n'envisage que les théories. Pourtant, je crois pouvoir résumer ainsi qu'il suit la conception philosophique, religieuse si l'on veut, à laquelle, en définitive, il avait abouti. Elle n'était pas chez lui un système, une construction purement intellectuelle : comment l'eût-elle été ? Elle était sa vie même, sa conscience, son âme.

---

[1] M. Achille Paysant, le confident de ses derniers jours, m'écrit à ce sujet: « Selon ses habitudes, il portait son livre en lui et, se fiant trop à sa mémoire, il ne l'avait pas écrit. Irréparable perte pour l'art et la fraternité humaine ; car ce qu'il m'en avait récité me semblait justement supérieur aux œuvres passées et déjà, me disais-je, d'une perfection qui n'est plus de ce monde et fait pressentir l'autre. »

Émile Trolliet croyait de tout son cœur à Dieu, au Dieu Père universel, Créateur du monde, se révélant aux hommes par la bonté et par la beauté. Cette communication de Dieu, ce rayonnement qui de lui vient à nous, c'est le divin. En Jésus, « fils de la Femme », plus qu'en tout autre homme, le divin s'est manifesté, et toute la doctrine de Jésus, absolument étrangère, selon lui, à tout ascétisme, à toute pénitence, à toute mortification du cœur et des affections humaines, se résume dans l'amour qui donne la paix.

Au reste, jamais Trolliet n'a distingué l'amour que les Grecs nommaient *Eros* de celui que les chrétiens appellent *Caritas*. [1] Quiconque aime se rapproche de Dieu. Le baiser est une communion avec le Divin, et, après la mort, l'amour universel nous réunira tous dans la maison du Père. Là se retrouveront les justes, les pacifiques, ceux qui ont aimé.

Et les autres ? Il n'y en a pas. Si la haine divise les hommes, c'est qu'ils ne se comprennent pas. Ils ne péchent que faute d'intelligence, et leur châtiment de ne pas comprendre, c'est précisément de ne pas aimer. Le devoir des justes

---

[1] Citons, entre autres preuves, ce vers véritablement singulier : *Le rôle de la femme est d'enseigner l'amour.*

est donc de répandre la clarté, d'éclairer les esprits pour rapprocher les cœurs : ainsi ils luttent contre le mal. Dieu qui comprend tout, ne hait personne. Il est le pardon infini. Ceux qui haïssent souffrent dans cette vie : car haïr, c'est souffrir. Mais la mort est purificatrice, et tous les hommes, qui sont les fils de Dieu, se retrouveront en lui. La science et l'art, la vérité, la beauté et surtout la bonté nous donnent, dès ici-bas, un avant-goût des délices de la vie éternelle. Et la prière aussi, c'est-à-dire l'élévation de notre âme vers le vrai, vers le bien, vers le beau, nous rapproche, vivants, de Dieu. Mais c'est l'amour, par dessus toutes choses, qui met en nous le divin.

A soutenir, à pratiquer cette très belle, mais un peu vague philosophie, héritée de Fénelon, de l'abbé de Saint-Pierre, de Lamartine, de Renan et de Tolstoï, Trolliet mettait une douceur obstinée et tenace. Nullement révolutionnaire, il ne voulait rien détruire. Il se défiait du désordre par lequel, disait-il, commence toute guerre. Il n'attaquait point les doctrines contraires à la sienne. Il ne combattait même pas les objections. Il les tournait ou les ignorait. Dédaignant la partie dogmatique et la logique des systèmes qu'on lui opposait, il s'efforçait seulement d'en concilier la morale avec la sienne. Et c'est ainsi qu'il a pu, sans ombre d'hypocrisie ni d'insincérité, continuer à professer, jusqu'à sa dernière maladie, dans un collège catholique et recevoir, sur son lit de mort, les derniers sacrements de l'Eglise dans laquelle il était né. Nullement fait pour les définitions étroites, précises ou subtiles de la théologie, son esprit s'était évadé du dogme, comme d'une prison trop sombre.

Tombez, murs impuissants, tombez !

Mais son cœur n'avait pas cessé d'être pieux. Il aimait Dieu, il aimait les hommes, fils, comme lui, du Père Universel. Sa dernière pensée, quand déjà ses yeux ne nous voyaient plus, mais quand sa conscience était claire encore, fut certainement une prière pour ses amis, un élan d'amour par lequel, une dernière fois avant de nous quitter, il voulut communier avec nous dans l'éternelle Bonté.

XI

Ce fut une heure douloureuse ; et ceux qui ont vu l'agonie du doux idéaliste, n'oublieront jamais cette face pâle, d'où s'était enfui le

sourire connu, ces yeux sans regard qui conser-
vaient encore, dans leur pure limpidité bleue,
une expression de tristesse infinie, et ce souffle
d'enfant, haletant et de plus en plus faible, qui
disait l'épuisement de la victime, le triomphe
brutal de cette grande et terrible réaliste : la
mort.

Trolliet, dont la santé avait toujours été délicate, était revenu à Paris en octobre 1902, plus
affaibli et plus triste que jamais. Aux premiers
froids de l'hiver, il dut garder la chambre,
s'aliter. Une otite se déclara. Dans les premiers
jours de janvier 1903, il entra chez un spécialiste
pour y subir l'opération nécessaire. Celle-ci fut
longue et douloureuse. Il la supporta coura-
geusement. La présence de sa sœur, Mme Guerry,
accourue de Grenoble, le rendait plus fort,
ramenait sur sa vie, qu'il ne jugeait point
menacée, un peu de gaieté. Il prit le dessus,
put sortir, revoir le Luxembourg qu'il aimait
tant. Nous le crûmes sauvé. Il était perdu.
Le mal, un instant conjuré, reparut. Une
méningite vint soudain précipiter le dénouement.
Le 24 janvier, au soir, il perdit connaissance,
et le 25, vers les 4 heures de l'après-midi, sans
paraître souffrir et sans faire un mouvement, il
cessa de respirer. Il était mort ; et sa dernière

heure, comme presque toutes celles de sa vie trop
courte, avait été « silencieuse »[1].

Sa mort fut un soupir aussi doux que *sa* vie

Le monument que ses amis du Dauphiné, de
Lyon et de Paris ont élevé dans le cimetière de
son village natal conservera ses traits à la postérité. Ses œuvres et le présent livre, où ses amis
fidèles ont réuni quelques-unes de ses plus belles
pages, attesteront son talent de poète et d'écrivain. Mais nous avons perdu pour toujours
l'ami, le conciliateur, celui qui était pour nous
tous l'exemple vivant de la Bonté, de la Tendresse humaine[2]. Pour nous qui l'avons connu
qui l'avons aimé, jamais nous ne l'oublierons.
Mais s'il nous est permis de former, en finissant,
un vœu inspiré de son idéal même, c'est que,
sur cette terre de France où trop souvent on
exalta les gloires de la Force, et en particulier

---

[1] Ses deux amis qui le gardaient à ce moment : M. le docteur
Descour et M. Maxime Lanusse, ne s'aperçurent qu'après deux
ou trois minutes qu'il avait cessé de vivre. Tant fut calme son
retour à la « Maison du Père » !

[2] « Le grand exemple de sa vie nous réconforta tous ; et,
pareillement, son art fut de l'art qui aide à vivre ». Ainsi
s'exprime M. Gabriel Sarrazin dans la très belle étude qu'il a
consacrée à l'Œuvre poétique de notre ami (*Revue idéaliste* des
1er et 15 Mai et du 1er Juin 1903).

sur cette terre dauphinoise où l'âpre vent des Alpes souffle aux âmes humaines l'énergie indomptable et la rudesse plus que la mansuétude et la douceur, jamais ne périsse entièrement le souvenir du pur Idéaliste, du Poète des Tendresses et des Cultes, de la Pitié et de la Piété, de celui qui s'appela modestement le *Résigné*, mais qui fut un juste, de l'homme aimable entre tous, qui mourut « au matin du siècle » en nous conviant à prendre la « route fraternelle », celle qui mène à « la Paix dans la Nation et entre les Nations ».

Olivier BILLAZ.

LE FOYER

LA POÉSIE DES BERCEAUX [1]

« Il est si beau l'enfant avec son doux sourire ! »
Ce vers tant de fois dit, mes lèvres à leur tour
Auprès de vos berceaux viennent de le redire.
Petits êtres chéris, petites fleurs d'amour.

Il est si beau l'enfant avec sa poésie
Qui s'ignore elle-même, avec son regard pur,
Et sa bouche qu'un peu de lait blanc rassasie
Ainsi qu'un papillon qu'enivre un peu d'azur !

Et puis il est si cher ! sa main ne sait rien prendre
Sauf un baiser qui passe, et son naissant esprit
Semble dormir encor, mais sait déjà comprendre
Quand sa nourrice approche ou sa mère sourit.

Puis il est si candide ! A peine il vient d'éclore
Qu'une aube paraît luire en toute la maison ;
Et son réveil est frais comme un lever d'aurore
Quand ses bras, le matin, sortent de leur prison.

_____

(1) La *Vie Silencieuse*.

Puis il est si sacré ! Sa tête semble auguste
Quand il songe parfois à quelque étoile d'or,
Et son sommeil est pur comme celui du juste.
Et l'on ne sait pas trop s'il prie ou bien s'il dort.

Il est le grand attrait comme le grand mystère.
Qui lui donna son âme et quand la reçut-il ?
Et ses yeux étonnés, en s'ouvrant à la terre,
S'étonnent-ils de vivre ou bien d'être en exil ?

Qui sait au juste l'heure où son esprit existe ?
Il n'est pas ce matin et puis il est ce soir ;
Et qui donc fit soudain, incomparable artiste,
La bouche pour sourire et le regard pour voir ?

Et qui mit l'étincelle en ce corps ? Et qui change
Le vulgaire limon en la suave chair ?
Quel céleste ouvrier de la terrestre fange
Fit se lever cet être harmonieux et cher ?

Mais à quoi bon vouloir résoudre ce problème ?
Puisque l'enfant est beau, contentons-nous de voir.
Et lisons, tout émus, l'ineffable poème
Que ce silencieux conte sans le savoir.

Tout ce qu'autour de lui ce porteur d'innocence
Répand à son insu de paix et de bonheur,
Prenons-le, sans vouloir pénétrer sa naissanc :
Il est le bienvenu puisqu'il vient du Seigneur:

Il est le bienvenu, cet envoyé des Anges,
Puisque dès qu'il arrive il est le bien-aimé.
Puisque à la pureté si calme de ses langes
Se fond tout noir chagrin dans nos cœurs enfermé.

Poètes, taisons-nous. Tous nos vers éphémères
Valent-ils son regard des paradis venu
Et ce premier sourire aux mères si connu ?...
Poètes. taisons-nous.., laissons parler les mères.

PREMIER SOURIRE [1]

A Marie-Thérèse Delzant.

Une étoile, dit-on, eut ton premier sourire.
Croyais-tu donc alors, voisine encor du ciel,
Revoir le hochet d'or qu'un chérubin fait luire,
Ou le cimier d'archange au front de Gabriel ?

Ou, dans l'œil de ta mère ayant déjà su lire,
Comme en un clair miroir reflétant l'éternel,
Comparais-tu tout bas, et sans pouvoir le dire,
Le rayon sidéral au regard maternel ?

Et par toi cependant, originelle entente,
Le trait diamantin de la gemme éclatante
Allant frapper ton âme, était compris soudain.

Comme si des clartés, en naissant, coutumière.
Tu devais être un jour au terrestre jardin
Une sœur de l'étoile, une fleur de lumière.

---

(1) La Route fraternelle.

LA FÊTE DE LA PETITE SŒUR [1]

A ma sœur J.....

Si j'étais près de toi, jeune fille ou fillette,
Pour ta fête aujourd'hui, je voudrais déposer
Dans ta petite main une fleur ou fleurette.
Sur ton front sororal un fraternel baiser.

Mais comme je suis loin de ton gentil sourire.
Je t'offre seulement le bouquet de mes vœux
Dans ces vers : puissent-ils à tes douze ans sourire.
Et mes humbles quatrains plaire à tes calmes yeux !

Bleus comme un peu de rêve et beaucoup d'innocence,
Bleus comme les bleuets sous les épis dorés,
— Car tes cheveux sont blonds — ou comme la nuance,
Du Rhône qui chez nous déborde à travers .prés,

Ces yeux m'ont raconté ton âme matinale,
Ton âme pure encor de faute et de douleur.
Au soleil de la Foi grandissant virginale,
Comme au soleil des cieux s'épanouit la fleur,

---

[1] La *Route fraternelle*.

Grandissant, jeune lys, sous les mains attentives
De ces femmes de Dieu qui vont la cultivant,
Hospitalières sœurs et mères adoptives.
Dans l'ombre des saints murs et la paix d'un couvent.

Sois-leur douce et docile: aux fleurs de leur domaine.
Elles versent rosée et proposent soutien ;
Accueille le savoir, cette parure humaine.
Cueille la piété, cet arôme chrétien.

EPITHALAME [1]

————

A ma nièce et filleule Emilie T...

Chère enfant, tu serais à bon droit étonnée
Si moi, le vieux rimeur, moi, l'oncle et le parrain,
Je ne saluais pas ton riant hyménée,
D'un hommage rythmé de quatrain en quatrain;

Car ma vocation ironique et touchante
Est de rester garçon tout en étant sonneur
D'épithalame ; et sans avoir de nid, je chante
Ceux que les autres font : c'est encore un bonheur.

Quand ton père et ta mère ont joint leurs destinées,
Mon luth vibra d'un tendre et fraternel émoi ;
Et voici qu'en ce jour, après vingt-quatre années,
Ce que j'ai dit pour eux, je le redis pour toi.

Et l'âge pèse en vain sur l'humble porte-lyre,
Son cœur est jeune encor, ou n'a pas trop vieilli ;
Et mon automne veut à ton printemps sourire :
Accepte le bouquet que pour toi j'ai cueilli....

————

(1) *Revue des Poètes* du 1er mai 1902.

Que par toi j'ai cueilli ! car c'est toi le poème.
Et c'est ta sœur aussi. Vous étiez, elle et toi,
L'harmonieux duo qu'on admire et qu'on aime,
Abeilles de la ruche et colombes du toit.

Bucolique alternée et double litanie.
Vierges au chaste front, chrétiennes au cœur d'or,
Comme Marthe et Marie au bourg de Béthanie,
Vous rêviez de Jésus au bourg de Saint-Victor.

Mais vous saviez aussi, quoique ayant fine taille,
Travailler au soleil dans les prés et les champs,
Toutes deux sur la tête ayant chapeau de paille,
Un rateau dans les mains, aux lèvres quelques chants.

Et pourtant même alors vous restiez demoiselles,
Belles sans le chercher, Muses sans le savoir ;
Votre âme, en plein labeur, ne quittait pas ses ailes,
Eprise d'idéal autant que du devoir.

Et bien des fois, le soir, gracieux acolytes,
Toutes deux m'escortant sous le grand ciel astral,
Nous cherchions quelque étoile ou quelques satellites,
Et lisions tous les trois au firmament natal.

Et c'est pourquoi, demain, le coteau des Rochettes.
Aimant vos pas d'oiseaux sur l'atavique sol.
En tout lieu cherchera ses rustiques fauvettes :
Vers un autre pays l'une aura pris son vol...

Mais c'est l'ordre divin, la règle sainte et douce ;
Et bientôt. à son tour, répondant à l'appel.
L'autre sœur s'en ira bâtir son nid de mousse
Vers un autre horizon et sous un autre ciel.

Toi qui pars aujourd'hui, pars avec allégresse.
Car Dieu te donne un guide aimant, loyal et sûr,
Et dans son cœur jaillit la source de tendresse,
Quand plongent ses yeux noirs en tes grands yeux d'azur.

Tu n'habiteras pas une terre inconnue,
L'amour et l'amitié sauront te faire accueil :
Vois ta maison s'ouvrir et fêter ta venue,
Et même une autre sœur t'attendre sur le seuil.

Ah ! toujours Saint-Victor aura pour toi du charme;
Je comprends tes regrets même en ton jour d'hymen;
Donne au logis d'hier une dernière larme,
Mais un premier sourire au logis de demain ;

Et, radieux présage, ô blanche voyageuse,
Dans les naissantes fleurs et le mourant grésil,
Marche vers le bonheur sous ta robe neigeuse
Par cette aube de siècle, en ce matin d'avril.

5 avril 1902.

LES DATES QUI COMPTENT [1]

I.

LA NAISSANCE

A ma nièce Marie-Louise T....

Enfant, petite enfant, dont l'heureuse naissance
Autour de ton berceau nous réunit joyeux,
Nous venons saluer avec reconnaissance
'Celle qui nous apporte un sourire des cieux.

Car naguère tes yeux voyaient encor les anges,
Et tes mains se jouaient avec les harpes d'or ;
Aujourd'hui te voilà sur terre, et dans tes langes
On t'enlace paisible, et ton jeune être dort.

Ton visage de rose apparaît sur ta couche,
Ton visage où jamais n'a passé la douleur ;
Si quelque abeille errante apercevait ta bouche,
Elle s'y poserait, croyant voir une fleur !

[1] *Revue idéaliste,* du 15 août 1902.

Dans dix jours, nous pourrons voir ton premier sourire,
Et puis tes premiers pas se feront dans dix mois.
Et tes lèvres alors essaieront de le dire.
Le doux nom de *maman*, pour la première fois.

Puis tes dix ans feront s'épanouir ton âme
Au soleil maternel.... et puis viendra le temps.
Le temps de la beauté qui, sur ton front de femme,
Apportera la grâce avec tes dix-huit ans...

En attendant, tu dors sur ta blanche couchette.
Et ton père et ta mère, espérant en demain.
Se penchent tous les deux sur ta mignonne tête.
Et regardent leur fille en se serrant la main.

II.

LA PREMIÈRE COMMUNION

A mon neveu Emile G....

Toi qu'au banquet sacré Jésus veut bien admettre.
Toi qui viens tout tremblant et tombant à genoux,
Pour la première fois, à la table du Maître.
Approche confiant : il est le Dieu très doux.

Toi qui pour recueillir la manne eucharistique.
Ainsi qu'un jeune lys épris du chaste azur,
Ouvres ton âme blanche à la coupe mystique,
Approche plein d'extase ; il est le Dieu très pur.

Toi si charmant, si beau d'être en état de grâce.
Mais si frêle, et cherchant défense et réconfort
Contre le fruit qui tente et le péché qui passe ;
Approche plein d'espoir : il est le Dieu très fort.

Toi qui veux devenir un jour « missionnaire ».
Et rèves de porter, en un lointain séjour.
Sa croix libératrice et sa loi débonnaire,
Approche plein d'ivresse : il est le Dieu d'amour.

III.

LE MARIAGE

A mon cousin Abel R.…

Soyez toujours heureux, ô vous que de son aile
Le bonheur aujourd'hui vient de toucher au front ;
Et puissent, en faveur du cher couple fidèle,
Ressembler à ce jour tous les jours qui viendront.

Puisse votre anneau d'or, symbole d'alliance,
Lui qui met à vos doigts sa note de clarté,
Cercler pareillement votre double existence
D'un rayon de lumière et de félicité.

Puisse dans vos deux cœurs n'être jamais fanée
La rose de tendresse, et, grandissant toujours,
Avec chaque baiser comme avec chaque année.
Illuminer vos nuits et parfumer vos jours.

Et puisse, après la fleur, s'épanouir encore,
Comme de jeunes fruits pendant à vos genoux
Une grappe d'enfants, dont les cheveux d'aurore
Déroulent de la joie entre les deux époux.

Voyez ! tout vous promet riante destinée :
C'est un frère d'abord, qui vient de vous unir,
Et peut, en vous passant la bague d'hyménée,
Homme, vous embrasser, et prêtre, vous bénir.

Et ce sont vos parents, qui, les yeux pleins de larmes
Très-douces, n'ont pour vous que regards attendris,
Et retrouvent avec mélancolie et charmes,
Dans vos jeunes amours leurs amours de jadis,

Et ce sont vos amis émus, dont la cohorte
Borde votre chemin de visages joyeux,
Et dont la sympathie en riant vous escorte
Jusqu'aux rives du fleuve... où l'on s'embarque à deux.

Et c'est moi-même enfin qui, sachant que la lyre,
Faite surtout d'amour, doit plaire aux amoureux,
En vers simples et francs comme votre sourire,
Vous jette ce salut : Soyez toujours heureux !

IV.

LA MORT

A la mémoire d'un ami d'enfance.

Pauvre ami, c'est donc vrai !... Trop juste était ma crainte !
Te voici dans la mort pour jamais endormi !
Pour jamais dans tes yeux la flamme s'est éteinte !
Nous ne te verrons plus : c'est donc vrai, pauvre ami !

Je n'oublierai jamais ma visite automnale,
Ma dernière visite, auprès du vieux tilleul
Où, spectacle poignant, se mourait triste et pâle,
L'enfant de la maison, abrité par l'aïeul.

Je revois tes chers traits au fond de ma mémoire.
Tes yeux luisants, ton front jour à jour incliné.
Sur ton visage blanc ta belle barbe noire.
Ton air de patient et de prédestiné....

Enfin, pour te quitter je me fis violence ;
Nous nous sommes alors embrassés tous les deux.
Et je serrai ta main longuement, en silence.
Adieu qui ressemblait à des derniers adieux.

Puis « nous nous reverrons », dis-je, mais à voix basse.
Comme si mon langage avait su qu'il mentait.
Je partis sans oser te regarder en face,
Craignant que ton cœur vît ce que mon cœur sentait.

Encore un, dans nos rangs, qui trébuche et qui tombe.
Lui si franc, si loyal, si doux envers autrui !
Gravons pieusement ces seuls mots sur sa tombe :
« Il était bon pour tous, Dieu sera bon pour lui !

LE TRIPLE NID [1]

A mon frère et à mes deux sœurs.

Quand, pour le professeur, les vacances reviennent.
Quand je revois, fidèle au Dauphiné béni,
Ces coteaux et ces monts dont mes yeux se souviennent,
Dans mon pays natal je sais un triple nid.

Que le destin me soit ou riant ou contraire,
Ces trois nids pour mon âme ont les mêmes douceurs;
Car l'un est la maison où demeure mon frère,
Et les deux autres sont les séjours de mes sœurs.

A l'ombre du clocher qui sonna ma naissance
L'un s'abrite, et jamais je n'y peux revenir
Sans entendre du fond de ma lointaine enfance
Remonter en chantant quelque gai souvenir.

Jamais, ô Saint-Victor, cher et petit village.
Je ne peux voir de loin se lever, au détour
Du chemin, ton rustique et paternel visage,
Sans me sentir au cœur un battement d'amour.

---

(1) La *Vie Silencieuse*.

— 93 —

Car je suis ton enfant : sur tes places nous fîmes,
Ceux de mon âge et moi, tant de jeux vers le soir !
Et devant le Seigneur, souvent mes mains infimes,
Dans ta modeste église, ont tenu l'encensoir :

Au bas de ton coteau sommeille la rivière
Dont les flots murmurants m'apprirent à rêver.
Et là-haut, dans un coin de l'humble cimetière.
Dorment les morts chéris que j'irai retrouver.

Et le même logis où ces morts habitèrent
A vu renaître un nid, le nid du fils aîné ;
C'est la loi sainte et douce, et les aïeux préfèrent
Que leur toit soit rempli plutôt qu'abandonné....

Au penchant des vallons, arrondis en corbeilles
D'où le pays a pris le nom de Corbelin.
Près des vignes qui font butiner les abeilles,
Et le vigneron rire autour du cuvier plein.

Le second nid me rit, hospitalier et tendre,
Et j'ai chaud dans le cœur à le revoir soudain.
Quand du haut de la côte il a l'air de m'attendre
Comme son cher absent st son ami lointain.

Le troisième plus jeune, et non moins doux à l'âme,
Me fait signe à son tour, et j'adore m'asseoir
A ce charmant logis qui réchauffe à sa flamme
Mon cœur déjà touché par les frissons du soir...

Et c'est le triple nid où je viens chaque automne,
Loin du monde agité, tyrannique ou railleur,
Goûter le bonheur simple et la paix monotone.
Au contact des berceaux redevenant meilleur ;

C'est le triple séjour où m'attend la famille
Aux mois des premiers fruits et des dernières fleurs.
Où du petit garçon à la petite fille
Voltige un clair sourire emportant mes douleurs ;

C'est le triple foyer mis sur ma froide route,
Et d'où me vient un souffle intime et réchauffant,
Quand je songe, attristé. que je mourrai sans doute
Comme j'aurai vécu.... sans nid et sans enfant.

LA PATRIE

SALUT, MON DAUPHINÉ [1]

A Emile Augier

Pays dont le doux nom va frémir sur ma lyre,
Pays qui me connais depuis que je suis né,
Qui vis mes premiers pleurs et mon premier sourire,
Noble pays ; salut ! salut, mon Dauphiné !

J'ai grandi dans ton sein, ô terre bien-aimée.
Mère, tu m'as compté parmi tes nourrissons.
Mon berceau fut tes fleurs à l'haleine embaumée,
J'ai couru tout enfant par tes blondes moissons.

Puis j'en vins à t'aimer dans cette âme enfantine;
Cet amour, comme moi, grandit de jour en jour,
Je sentais, mon pays, que ma jeune poitrine
En respirant ton air respirait ton amour.

Puis je dus te quitter au printemps de mon âge,
Mais ton doux souvenir accompagna mes pas;
En vain tu m'es absent, présente est ton image;
Le regard de mon cœur va te chercher là-bas.

---

1 *Les Tendresses et les Cultes.*

Je cherche à l'horizon tes superbes montagnes
Dont le pied touche à l'homme et le front touche à Dieu,
Le Rhône, fils des monts, qui longe tes campagnes,
Comme pour les border d'un large ruban bleu;

Et tous ces flots errants qui vont au Rhône en foule,
Le Drac aux bonds fougueux, l'Isère au cours rampant,
L'un qui se précipite et l'autre qui se roule,
L'un ainsi qu'un dragon, l'autre ainsi qu'un serpent;

Et ta Chartreuse illustre avec ses cloîtres sombres;
Tes gorges, noirs tombeaux de quelque voyageur,
Et de tes grands sapins les séculaires ombres,
Et de tes pics neigeux l'éternelle blancheur.

Pays aimé de Dieu, pays des sept merveilles,
Qui donc t'a fait si beau? Tes femmes aux bras blancs
Ont toujours un sourire à leurs lèvres vermeilles,
Tes hommes, Dauphiné, sont robustes et grands.

Qui t'a faite si belle, ô ma terre natale?
L'Italie aux fruits d'or, la Suisse aux lacs d'azur,
Te voient avec dépit leur commune rivale,
L'une, de son soleil, l'autre, de son air pur.

Peut-être on vante plus leurs palais ou leurs sites,
Peut-être on vient les voir d'un pays plus lointain,
C'est que tu ne sais pas mendier des visites :
L'Allobroge est trop fier pour demander son pain.

Naples se fait payer comme une courtisane,
Son peuple tend les bras à qui lui tend de l'or;
Oh! tes fils rougiraient de ce métier profane:
Ils labourent ton sol, c'est là qu'est leur trésor.

Sans doute, tu reçois comme une hôtesse aimable
Quiconque jusqu'à toi voulut porter ses pas ;
Mais tu restes très digne en étant très affable :
Tu montres ta beauté, mais tu ne la vends pas.

Sois fière, tu fais bien, sois fière de ta gloire,
De ton passé fécond en tant d'exploits cités,
Fière de t'avancer au travers de l'histoire,
Grande par tes héros, belle par tes cités.

Tes cités, mon pays! regarde... c'est Valence;
C'est Gap, c'est Briançon sur les Alpes dressé,
C'est Voiron qui là-bas vers l'avenir s'élance
Tandis que Vienne ici rêve sur son passé;

Et c'est Grenoble enfin, Grenoble, ville altière,
Reine du Dauphiné qui porte sur les monts
Sa couronne de tours, et par ses pieds de pierre
Descend jusqu'aux flots noirs emportés sous ses ponts.

Tes héros ! chacun d'eux à la mère patrie
Apporta tour à tour son génie ou son cœur ;
Pour elle, Vaucanson fécondait l'industrie,
Et Condillac frappait son cerveau de penseur ;

Pour l'enflammer, Barnave avait sa voix hardie,
Et Casimir Périer n'aimait qu'elle et la loi ;
Berlioz eut l'Opéra, Ponsard, la tragédie,
Et toi, mon vieux Bayard, ton épée et ta foi.

Mère, voilà tes fils, la voilà, ta famille,
Ta couronne de gloire et d'immortalité,
Mais ton plus noble orgueil, ô mère, c'est ta fille ;
On la connaît en France... elle a nom Liberté.

O château de Vizille, un cri d'indépendance
S'échappe de tes murs immortel et fécond,
Par-dessus l'horizon le voilà qui s'élance,
Et comme un vaste écho quatre-vingt-neuf répond ;

Et soudain, réveillé par cette voix puissante,
Tout un peuple se lève, et réclamant ses droits
Au nom de ses devoirs, tend sa main frémissante
Et jure d'être libre à la face des rois ;

Et si quelques bourreaux affamés de victimes
Se baignèrent alors dans le sang des humains,
La liberté n'est pas coupable de leurs crimes ;
Ils ne l'ont pas souillée... ils ont souillé leurs mains

Pays dont la grandeur a fait vibrer ma lyre,
Pays qui me connais depuis que je suis né,
Qui vis mes premiers pleurs et mon premier sourire
Noble pays, salut ! salut, mon Dauphiné !

LA CHANSON DU DAUPHINÉ [1]

A Paul MORILLOT.

Ah ! la chanson du Dauphiné !
Si je pouvais, prédestiné,
En syllabes d'or la traduire,
Comme aux ravines de mon cœur
Je l'écoute perler et bruire
Sur un rythme des ans vainqueur !

Car en vain les longues années,
Sous les doigts des temps égrenées,
Vont m'éloignant de mon berceau,
Sans cesse je l'entends qui chante
Source intime, jaseur ruisseau,
La chanson naïve et touchante.

Ta chanson, mon pays natal,
Roulant ses notes de cristal
En tous les coins de ma mémoire ;
Musique altière que tu fais
Dans la nature ou dans l'histoire,
Et tes hauts pics et tes hauts faits.

---

[1] *La Route Fratrnelle.*

Une race chevaleresque
Vit en ce cadre pittoresque,
Et ton passé vaut ton décor ;
Et du grand Bayard au brin d'herbe,
Hommes et choses sont d'accord
Pour chanter romance superbe.

Et d'accord cimes... et cités
Qui, sur les sommets indomptés,
Ont dressé leurs tours indomptables;
Cités de sourire et d'orgueil,
Par leurs créneaux très redoutables
Et très douces par leur accueil.

Et les trois roses delphinales,
Aux patriotiques annales
Fleurissent, éclatant blason ;
Et n'allez pas croire que *noble*
Rime au hasard et sans raison
Si richement avec *Grenoble*.

L'Allobroge, aux creux des torrents,
A bu le mépris des tyrans,

Mais calme et fier, il appareille
La raison et la liberté ;
Car l'Alpe joue à son oreille
Une hymne de sérénité.

Oui, sublimes sont les arpèges
Que sur le blanc clavier des neiges
Ou dans l'orgue sombre des pins
Exécute l'Alpe éternelle ;
Et des Mozarts et des Chopins
L'âme harmonique habite en elle.

Si chantante est la voix des eaux
Qui dévident leurs bleus fuseaux
Dans les prés verts, molle couchette,
Et dont le grelot ruisselant
Se marie avec la clochette
Des troupeaux roux, tachés de blanc !

O monts, virtuoses candides !...
Et dans les clairs matins splendides
La vallée en un pur frisson
Entend l'aubade que fredonne
Ce moine pieux, le grand Som
A cette vierge, Belledonne...

Et mon cœur aux monts dauphinois
Fait écho, mais en tapinois ;
Et le concert aux mots rebelle
Sous mon sein reste emprisonné...
Pour être dite elle est trop belle
La chanson du beau Dauphiné.

LES LACS DAUPHINOIS

—✳—

Au cher compatriote Olivier BILLAZ

Oui ! comme l'Helvétie et comme la Savoie,
Mon pays a ses lacs, coupes de pureté.
Sans doute, il faut monter très haut pour qu'on les voie,
Mais leur beauté s'accroît de leur sublimité.

Celui d'entre eux qui dort le plus près de la plaine,
Et dont le flot riant semble aussi le plus cher
Aux baigneuses d'été buvant sa fraîche haleine,
Est à quinze cents pieds au-dessus de la mer.

C'est le roi des plateaux, le lac de Charavines ;
Mais ses frères, les rois de la neige et du mont,
Miroitements bleutés aux paillettes divines,
Les lacs Laffrey, Crozet, Robert et Doménon,

Habitent près des pics l'altière solitude ;
Et je me garderais d'oublier les Sept-Laux
Qu'on voit à deux milliers de mètres d'altitude,
Que l'Alpe porte au front ainsi que des joyaux.

L'Allemand aux pas lourds, l'Anglais aux mains rapaces
Encombrent le Léman ; mais les lacs dauphinois
Ne regardent passer dans les libres espaces
Que le vol des faucons et les pieds des chamois.

O Suisse, tous les snobs et les rastaquouères,
En chacun de tes lacs à l'envi profané
Déversent leurs souillure et laideur coutumières,
Mais il n'est pas de fange aux lacs du Dauphiné.

Dans tes quatorze lacs ou quatorze cuvettes,
Un tas de citadins vilains ou vicieux
Vont s'immergeant, tandis qu'aux nôtres les fauvettes
Lissent leur chaste plume en regardant les cieux.

Annecy, de ton lac, je reconnais les charmes ;
Et du tien, ô Bourget, l'attrait fut toujours tel,
Qu'un poète a voulu te dédier ses larmes,
Et ces pleurs ont suffi pour te faire immortel.

Mais notre Lamartine à nous, c'est la Nature,
Qui sur les hauts sommets semble plus belle encor
Et donnant à nos lacs les neiges pour ceinture,
Fait aux limpides eaux un candide décor.

Les vôtres, j'en conviens, sont plus vantés des guides;
Mais un saphir banal n'est plus un diamant ;
Nos lacs moins fréquentés paraissent plus splendides,
Situés loin de l'homme et près du firmament ;

Nos lacs plus rapprochés des indomptables cimes,
Réservoirs des glaciers et ciboires des monts,
Versent plus de fiertés en nos âmes infimes,
Et dans un air plus sain baignent mieux nos poumons,

Cependant que leur eau, captive précieuse,
En sa prison d'acier, cheminant d'un pas sûr,
Roule vers nos cités, et porte, industrieuse.
Des gouttes de lumière en ses gouttes d'azur.

LE FLEUVE NATAL[1]

A François Fabié

I

Viens ! » me disait mon père, et, ma main dans la sienne,
Nous descendions tous deux vers le grand fleuve pur ;
— O jeunes souvenirs en ma mémoire ancienne ! —
« Viens, petit, allons voir le Rhône ! » et son pas sûr
Par la côte et le val soutenant ma démarche,
Le père avec l'enfant allaient au patriarche,
Au vieux roi de la plaine, au fier lion en marche,
   Au lion à la peau d'azur.

II

Et dans chaque visite au voyageur sublime,
Inconscient captif par les flots retenu,
Je sentais déjà naître en ma cervelle infime
Le désir d'un grand rêve et d'un grand inconnu.
Ces abîmes tout bleus prenaient ma tête blonde,
Et mon âme dès lors s'en allait vagabonde
Vers l'Idéal, lointain océan, mer profonde
   D'où je ne suis plus revenu.

---

[1] *La Route Fraternelle.*

III

Car la vocation de tous, tant que nous sommes,
Se fait à notre insu, dans tel jour, en tels lieux,
Et telle vision première laisse aux hommes
Ce reflet inspiré qu'ils portent dans les yeux :
Parfois l'heure qui sonne est l'heure de la grâce !
Et la cloche qui pleure, ou le fleuve qui passe,
Ou le bois qui frémit, jette à travers l'espace
    A tel enfant l'appel des cieux.

IV

L'appel me vint du Rhône. A peine un jet de flèche
Sépare de ses eaux mon village natal ;
Et même l'on m'a dit que ma chétive crèche
Faillit être emportée en son grand lit fatal ;
Car l'an cinquante-six, au mois de mon baptême,
Il submergea les champs, les bourgs, et Lyon même,
Et battit de ses flots, Louis le quatorzième,
    A Bellecour, ton piédestal.

V

C'est pourquoi, doublement, par amour et par crainte,
— Mon berceau par ses flots à demi ballotté, —
Je subis son empire et reçus son empreinte,
Et mon premier regard chercha sa majesté !

Et mon âme emprunta sa teinte idéaliste
A son azur errant, et mon cœur un peu triste
Emprunta son nuage au brouillard qui persiste,
  Comme un voile, sur sa beauté.

VI

Car mon Rhône n'est pas le Rhône des cigales,
Du soleil éclatant, des éclatantes voix,
De toutes vos chansons vibrant d'ardeurs égales,
Félibres d'aujourd'hui, troubadours d'autrefois,
Le Rhône triomphant à la rive sonore,
Dont Avignon s'enchante et dont Arles s'honore,
Bruyant au crépuscule et bruyant dès l'aurore,
  Encor plus latin que gaulois.

VII

Mon Rhône, du Léman au coteau de Fourvière,
Roule le manteau bleu de ses limpides eaux,
Et fait monter au ciel l'encens de la prière
Dans les blanches vapeurs flottant sur ses roseaux;
Ozanam et Flandrin se croisent sur la rive,
Amiel y médite, et Quinet en dérive,
Et Puvis y déploie, âme contemplative,
  Sa toile aux violets réseaux.

VIII

Avec le Dieu caché Laprade y communie ;
Ballanche y promena son rêve attendrissant ;
Rousseau, dans son enfance, y trempa son génie,
Profond comme le Rhône, et comme lui puissant ;
Vous.y trempiez aussi votre âme girondine,
O Madame Roland !... et s'il n'a pas d'ondine,
Il a ses doux martyrs, et de sainte Blandine
     Reçut le baptême du sang.

IX

La fleur du mysticisme en étoile la berge,
Si l'on n'y cueille pas la fleur du « gai savoir » ;
Il garde, encor voisin de la montagne vierge,
Toute la pureté qu'il vient de recevoir
Du grand sommet, son père, et du grand lac, son hôte ;
Et grossissant toujours de tout ce qu'il leur ôte,
Le marcheur transparent là-bas descend la côte,
     Des larges cieux large miroir.

X

Entre Alpes et Jura, murs de gauche et de droite,
Il court sous le rideau des peupliers. Parfois
La bordure des monts lui fait sa route étroite ;
Mais bondissant alors entre les deux parois,

Plus on veut l'attarder, plus il se précipite ;
Il brise en se jouant tout obstacle ou limite ;
Puis, sa robe de lin se déroule et palpite
    Sous la chevelure des bois.

XI

Tantôt il est torrent, tantôt il est caresse,
Mais rapide toujours il baigne de ses flots
Là le fier Dauphiné, plus loin la molle Bresse,
Et ses bras en passant cueillent nombre d'îlots.
Il détruit quelquefois, mais plus souvent il crée ;
Il est sourire et vie à la terre altérée,
Et verse, bon géant, la goutte désirée
    A tous les calices éclos.

XII

O vision d'azur si lointaine et si douce,
De mon premier matin jeune émerveillement,
O flot toujours suivi par le flot qui le pousse,
O vaste pan du Ciel, tombé du firmament,
Qui te mis un beau jour à rouler dans la plaine,
Pèlerin des glaciers, à la suave haleine.
Généreux échanson des prés, à l'urne pleine
    D'un divin rafraîchissement.

XIII

Θ fleuve paternel, cher à mon premier âge,
Naïvement j'allais à tes bords! et voilà
Que sur l'agile nef de ton onde en voyage,
Ton petit compagnon un beau jour s'envola!
Comme un jeune Breton doit son âme à la grève,
Par toi j'appareillai vers les îles du rêve,
Et je connus par toi mon attente sans trêve
D'un mystérieux au-delà!

XIV

Tu fus le premier livre où lurent mes yeux calmes
Et plus tard quand j'appris catéchisme ou latin,
De te voir, je vis mieux sous de lointaines palmes
Les purs Génésareths au contour incertain,
Les barques de pêcheurs traversant l'Evangile,
Et la sereine image en mon cerveau fragile
Souriait, m'expliquant le Mincio dans Virgile,
Et dans la Bible le Jourdain.

XV

Accueille donc les vers que ton enfant t'adresse,
Car ils sont un hommage et non pas un vain jeu,
L'hommage de mon cœur qui songe avec tendresse,
Sur la Seine brumeuse à ton infini bleu,

Et souvent entrevoit par-dessus les épaules
Des collines, tes flots en route sous les saules,
Et des monts à la mer sur le pays des Gaules,
    Ton ruban déroulé par Dieu!

L'HORIZON NATAL [1]

Tout près, c'est gracieux ; plus loin, c'est magnifique.
Par-dessus les coteaux riants et veloutés
On peut apercevoir des grands monts tourmentés
La fresque douloureuse et pourtant pacifique.

Là-bas, là-bas, c'est l'Alpe attirante et magique
Car la neige d'hiver, qui pare son été,
D'un manteau de lumière et de sérénité
Couvre éternellement son épaule tragique.

Le tableau, sur le soir, s'idéalise encor :
Aux vitraux des clochers s'allument des feux d'or,
Aux blancheurs des glaciers courent des teintes roses.

Guérissons-nous, mon âme, en des spectacles tels,
Et tâchons d'oublier les trop haineux mortels,
Devant la paix — la paix immortelle des choses.

Saint-Victor de Morestel (sept. 1902).

---

[1] *Revue des Poètes* du 1er novembre 1902.

FRATERNITÉ [1]

A mon ami Abel COMBARIEU.

Dresse-toi dans l'azur, ô monument superbe,
Altier comme une cime, éloquent comme un verbe :
Et laisse-nous suspendre à ton flanc triomphal,
Au nom des Dauphinois de Paris, frères d'âme,
L'emblême rose et bleu, la riante oriflamme
Qui porte les couleurs de leur pays natal.

Dresse-toi devant tous, colonne symbolique,
Public enseignement et parure publique ;
Et du sol grenoblois surgis avec fierté
En ta tige de pierre et ton groupe de marbre,
Car sur ce pavé-là poussa le premier arbre
Qui fit chanter sa feuille au vent de Liberté ;

Car voilà plus d'un siècle, en cette même terre,
Du Taillefer sublime au Saint-Eynard austère,

---

1 Poésie lue au nom de « l'Union des Sociétés Dauphinoises de Paris », à l'inauguration du *Monument des Trois-Ordres
du Dauphiné*, à Grenoble, le 4 août 1897 (*La Route Fraternelle*).

Un rayon s'élança précurseur du réveil ;
Et pour toute la France émue, et dans l'attente,
La Révolution, cette aurore éclatante,
Se leva sur les monts... du côté du soleil.

Et sur le feu qui dort jetant la goutte d'huile,
Grenoble fait voler sous des éclats de tuile
Un arbitraire édit dans l'orage emporté.
Juste comme Mounier, vibrant comme Barnave,
Le Dauphinois toujours fit un mauvais esclave,
Et de quatre-vingt-neuf alluma la clarté.

Les Alpes, tout à coup, pensives sentinelles,
Sur leur calme manteau de neiges éternelles,
Eurent un frisson d'aube... et crièrent : Debout !
Et Vizille et Romans devancent d'une année,
O Quatorze Juillet, ta brûlante journée,
Et ta nuit immortelle, ô généreux Quatre Août.

Et ce même Quatre Août, date deux fois sacrée,
Voit inaugurer l'œuvre, où l'artiste qui crée,
Au même piédestal appela tour à tour
Le prêtre, le seigneur et le manant auguste,
Et fit jaillir, d'un geste intrépide et robuste,
Sur la stèle de pierre un idéal d'amour !

Et voyez ! le clocher, le donjon et le chaume
Répondant à l'appel... et comme au jeu de Paume,
Ces trois rivaux d'hier ont juré de s'unir,
Et tous trois, main tendue et de cœurs unanimes,
Ils prennent à témoin les solennelles cimes
Qu'ayant fait le serment ils sauront le tenir.

O trinité loyale, o tribuns magnifiques,
Secouant du talon vos haines ataviques,
Au socle aérien montez d'un libre vol ;
Et partant de plus haut pour être mieux comprise,
Que notre voix apprenne une même devise
De fraternelles paix aux fils d'un même sol.

Renoncez avec joie aux discordes amères,
Vous qui dormiez jadis sous les yeux de vos mères,
Au même bercement du bouclier gaulois ;
Et, sacrificateurs heureux du sacrifice,
Dépouillant les vieux torts et l'ancienne injustice,
Jetez tous ces haillons en holocauste aux lois.

Toi qui viens du château, rehaussant ta noblesse,
Dépose ton fardeau de privilèges ; laisse

Un air plus libéral entrer dans tes poumons,
Comme faisait, aux bords de cette même Isère,
Implacable aux félons, mais doux à la misère,
Le chevalier Bayard marchant au pied des monts.

Toi qui viens du sillon, dépose ta colère,
Toi, le rustre farouche et le loup séculaire,
Au civique banquet entre comme un lion....
Mais un lion qui fait aux autres place à table,
Et déchire d'abord de sa griffe équitable
Au code du passé la loi du talion.

Toi qu'au pied des autels a pris le statuaire,
Tu laissas la terreur au fond du sanctuaire,
Et tes deux bras levés et ton front radieux
Ne prophétisent plus que l'ère de concorde ;
Et ta bouche a jeté ce cri : Miséricorde !
Répété par la terre, exaucé par les cieux.

Et tous les trois, égaux par l'âme et dans l'échange,
Et pareils aux aïeux, pacifique phalange,
Qui prodiguant leurs bras et leurs jours par milliers,
Bâtissaient la chrétienne et vaste basilique,
Edifiez ce temple aussi : la République,
Et de sa large nef soyez les trois piliers ;

Ou soyez les guetteurs sur la tour de la ville,
Observant, par-dessus la montagne immobile,
Le grand livre du ciel aux syllabes de feu,
Qui, depuis six mille ans, à tous les astronomes,
N'a jamais dit qu'un mot : « Fraternité des hommes
    Sous la paternité de Dieu. »

L'ANGE DE LA PATRIE[1]

~~~~~~~

A M. Petit de Juleville.

Jeanne, salut à toi! car, deux fois magnanime,
Tu voulus, cœur de sainte et cœur de chevalier,
Etant la valeureuse, être aussi la victime,
Et ton front a le nimbe autant que le laurier.

Salut pour tes exploits, surtout pour ta souffrance,
Car ton supplice même a mieux fait ressortir
Ton héroïsme, ô toi qui pour la douce France
Apparus en sauveur, disparus en martyr.

Tu voulus par ta mort rendre vie au royaume.
Comme un lys, en un soir, au cher vallon natal,
Sachant bien qu'il en meurt, donne tout son arôme,
Tu donnas au pays tout ton cœur virginal;

Et ton destin fut court, mais ta mémoire insigne;
Et tu restes la femme au front prédestiné,
Forte comme un lion et pure comme un cygne,
Dont parle avec amour l'avenir étonné;

[1] *Revue des Poètes* du mois de mai 1900.

Et la terre de France, alors que tout y change,
Garde à jamais ton culte, ...et voici qu'aujourd'hui
Ton astre tutélaire, ô lumineux archange,
A sur notre horizon soudainement relui;

Voici que de nouveau dans l'histoire étincelle,
Comme un sûr labarum d'espérance et de foi,
Ta candide oriflamme, ô Jeanne la Pucelle,
Et jamais ton pays n'a tant parlé de toi;

Jamais, depuis le jour où flotta dans l'armée
De Charles, ta bannière aux plis victorieux,
L'âme du peuple Franc ne t'aura tant aimée,
Jeune fille au cœur simple, au glaive radieux;

Car pour toi, d'âge en âge, a grandi sa tendresse,
Et, symbole adoré d'héroïque douceur,
Dans l'immortalité ton image se dresse.
O notre vierge, ô notre sainte, ô notre sœur!

SALUT AU QUARTIER
DE JEANNE D'ARC[1]

~~~❦~~~

Au quartier Jeanne d'Arc salut ! — Un coin d'histoire,
Dans ce coin de Paris, revit en de beaux noms,
Et le même faubourg évoque à la mémoire.
Avec tous leurs hauts faits, tous ces fiers compagnons

Voici Dunois, Clisson, La Hire avec Xaintrailles,
Richemont, Baudricourt, valeureux chevaliers,
Ceux qui lorsqu'on menait déjà tes funérailles,
O patrie ! ont changé les cyprès en lauriers.

Voici plus radieux encor, sur vos murailles,
Celle qui fut pour eux la lumière et l'appui,
Et les ayant groupés jadis pour les batailles,
Les tient groupés encor dans la gloire aujourd'hui.

Comme elle fut leur guide, elle est votre patronne,
Et ces noms de héros faisant avec bonheur
Autour de l'héroïne une juste couronne,
Posent sur vos maisons comme un blason d'honneur.

----

[1] Poésie dite le 8 novembre 1902, pour l'inauguration de la cinquième année des *Lectures populaires* instituées rue Baudricourt. (*Revue idéaliste* du 15 novembre 1902).

Et vous avez bien fait de la choisir pour reine,
La Pucelle au bras fort, aux yeux cléments et doux !
Comme elle, travailleurs vous êtes à la peine,
Et vous savez qu'elle est du peuple comme vous.

C'est au peuple vraiment qu'elle donnait ses larmes ;
Et le voyant sacrifié, foulé, broyé,
Sous le piétinement sans fin des hommes d'armes,
Son cœur frêle était pris d'une grande pitié.

Son âme était naïve, et sans doute pareille
A ces âmes d'enfants que parmi vous je vois :
Mais quand des voix d'en haut lui parlaient à l'oreille,
Elle savait, très brave, obéir à ces Voix.

Aujourd'hui les appels d'archanges ou de saintes
Se sont tus dans les champs comme dans les cités,
Mais pour tous les esprits, dans toutes les enceintes,
Parlent encor des voix diverses : Ecoutez.

> Ecoutez ce maître sublime,
> Corneille, merveilleux sonneur.
> Qui va sonnant de rime en rime
> La cloche altière de l'honneur ;
> Ecoutez ce maître plus tendre,
> Racine, qui nous fait entendre,

Un luth d'amour et de douleurs,
Puis Molière, profond génie,
Qui sous son masque d'ironie
Secrètement verse des pleurs.

Ecoutez encor ces apôtres
Venus de France ou bien d'ailleurs.
Rousseau, Tolstoï, Ibsen et d'autres...
— Je ne cite que les meilleurs —
Michelet, le voyant qui rêve,
Vers quelque fabuleuse grève
Guidant la nef et l'aviron,
Et, brûlant d'un égal délire,
Ou Lamartine, cette lyre,
Ou Victor Hugo, ce clairon.

De tous ces chanteurs magnanimes.
Nous vous apportons les échos,
Et si, phonographes infimes,
Nous leur sommes trop inégaux,
Vous oublierez les interprètes,
Pour n'écouter que ces poètes
Qui, descendant de leurs hauteurs,
Dans cet humble préau d'école,
Et pour vous prenant la parole,
Sont d'immortels instituteurs.

Puissent-ils, puissent-ils, tous ces semeurs augustes,
En ces soirs de labours où nous vous convions,
Laisser tomber le vrai dans vos âmes robustes,
Pour qu'un grain lumineux lève aux obscurs sillons.

Peut-être ces porteurs de céleste semence
Feront germer l'Idée au cœur d'un autre enfant ;
Parfois dans l'avenir le passé recommence ;
Peut-être une autre Jeanne est là qui nous entend.

S'il est vrai que tu sois l'élue, ô jeune fille
Qui dans l'ombre grandis sous un modeste toit,
N'ayant plus la houlette aux mains, mais une aiguille,
S'il est vrai que leur voix t'appelle, lève-toi !

Lève-toi très vaillante, et surtout très humaine,
Car ce qu'il faut bannir ce n'est plus l'étranger,
Mais cet autre fléau qui se nomme la haine :
C'est en nous qu'est le mal, en nous le vrai danger

Lève-toi, lève-toi, car chez France *la douce*
On ne voit qu'ennemis et plus de compagnons ;
Et tous les Armagnacs que la colère pousse
Vont lançant des défis à tous les Bourguignons.

Jadis pour nous sauver apparut la bergère,
Qu'aujourd'hui l'ouvrière apparaisse à son tour,
Et soit de la Bonté l'ardente messagère :
Le rôle de la femme est d'enseigner l'Amour.

Dans ses mains de douceur et rebelles au glaive,
Qu'elle porte à jamais l'olivier et non l'arc ;
Et puisse en ce matin du siècle qui se lève,
La Paix, la Paix divine avoir sa Jeanne d'Arc !

LE PAVILLON [1]

~~~~~~

Il flotte lumineux. De Cyclade en Cyclade
Il rend le Ciel moins sombre et l'horizon moins noir;
Il ajoute un sourire à la divine Hellade,
A la triste Arménie il apporte un espoir.

Il flotte valeureux. Tous ceux que l'on opprime
Et tous ceux que l'on tue ont moins peur des bourreaux,
En le voyant passer dans son vol magnanime,
Et les glaives tout seuls rentrent dans les fourreaux.

Il flotte généreux... couvrant de sa tutelle
L'hospice avec l'école où chaque mur entend
Invoquer et bénir ta mémoire immortelle,
O France si lointaine, et si douce pourtant.

Il rayonne, superbe, à la haute mâture,
Inspirant le respect plus encor que l'effroi,
Non comme un flibustier qui court une aventure,
Mais comme un chevalier qui secourt le bon droit;

---

[1] Poésie dite le 24 novembre 1901, au *Foyer du Soldat*.
(*Revue idéaliste* du 1er décembre 1901).

Et tandis qu'à Lesbos frissonnante il arrive,
Arboré, calme et fier sur des vaisseaux d'airain,
Alcée avec Sapho sont debout sur la rive,
Afin de saluer l'éclatant pèlerin;

Et la strophe d'accueil au bord des mers s'élance,
Et l'automne hellénique, encor paré de fleurs,
Écoute sur les flots qui, soudain, font silence,
Les deux aèdes blancs chanter les trois couleurs.

LES DEUX SIÈCLES [1]

A Ernest PRÉVOST.

LES CINQ DATES

Mil huit cent un ! Voici que le rideau se lève.
La France court le monde, au passage amassant
Une moisson de gloire en des sillons de sang,
D'Arcole à Waterloo fauchant avec le glaive ;
— Et l'histoire applaudit au peuple éblouissant.

Mil huit cent trente ! Au fond croule une tyrannie,
Tandis qu'au premier plan, la loi pour piédestal,
Le bronze de Juillet se dresse triomphal,
Un lion à son flanc, à son faîte un génie :
— Et le soleil sourit au peuple libéral.

Quarante-huit ! Un souffle humanitaire passe ;
Un poète a redit l'Evangile éternel ;
L'idéal à sa voix devenant le réel,
Les mains avec amour se cherchant dans l'espace ;
— Et l'avenir souscrit au peuple fraternel.

---

1 *Revue des Poètes* du mois d'avril 1901.

Soixante-dix!... C'est l'heure impitoyable et sombre.
Ton fier visage, ô France, est de larmes perlé
Et de tes forts captifs ton vainqueur tient la clé :
Mais l'honneur est debout sur l'empire qui sombre,
Et sa grande âme reste au peuple mutilé.

Et dans le soir du siècle à l'angoisse tragique,
Dix-neuf cent voit encor son étoile briller,
Et quittant les déserts, les champs, ou l'atelier,
A l'appel bourdonnant d'une ruche magique,
Tous les peuples venir au peuple hospitalier.

II

LES CINQ VŒUX

Dans le siècle qui meurt cinq dates furent grandes.
Siècle qui viens de naître, en échange je veux,
Sinon pour nous, du moins pour nos petits neveux,
Comme de longs espoirs et de pures offrandes,
Sur l'autel de mon cœur te consacrer cinq vœux.

Un vœu pour la Patrie. — Oh ! que la « douce France »
Justifiant son nom poursuive son chemin,
Vers toute liberté guidant le genre humain,
Plus forte et plus sereine après chaque souffrance,
Son idéal au cœur, son drapeau dans la main.

Un vœu pour la Justice. — Ah ! qu'un peu de lumière
Et que l'amour surtout, divin intercesseur,
Entre sombre indigent et riche possesseur
Suppriment la distance, et que vers la chaumière
Descende le château comme un frère à la sœur.

Un vœu pour la Beauté, source de toute joie . —
Un quatrième vœu pour la Science encor,
Et qu'en sa mine obscure et son noir corridor
Où sous les cieux de plomb l'homme cherche sa voie,
L'artiste et le savant mettent leur filon d'or.

Et puis un dernier vœu pour la famille humaine. —
Puisses-tu, puisses-tu déchirant à jamais
Le rideau trop sanglant, le voile trop épais
Qu'ont sur les yeux tissé tant de siècles de haine,
Tuer enfin la guerre, ô siècle de la Paix !

L'ALOUETTE GAULOISE [1]

A Edmond Thiaudière.

Non, ce n'est pas le coq, égoïste et banal,
Batailleur sans péril, chanteur sans harmonie,
Qui peut symboliser ton lumineux génie
Gaule, ardente patrie, éprise d'idéal !

Mais c'est la cantatrice au grand vol auroral,
Dont l'âme avec l'azur chaque aube communie,
Et dont jaillit la voix en sonate bénie,
Musique des faucheurs aux matins de prairial.

Comme elle tu vas haut, et tu vois loin comme elle,
Par dessus la frontière envoyant, fraternelle,
A la famille humaine un long regard d'amour ;

Et comme sa chanson ta langue est d'un poëte....
Et tu peux dédaigner un roi de basse-cour,
O France, ô libre sœur de la libre alouette.

---

1 *La Route Fraternelle.*

POUR L'ARMÉNIE [1]

᠎

Gesta Dei per Francos.

A Emile ARNAUD.

O peuple chevalier, debout ! car un grand crime
A la face du ciel étale sa fureur,
Et sous le cimeterre aigu qui le décime,
    L'Orient pousse un cri d'horreur.

Les fils de Mahomet, de justice économes,
Ont richement versé les patères de sang,
Et la Croix doit payer un rouge tribut d'hommes,
    Pour le bon plaisir du Croissant.

Où Jésus dit : « Pardonne ! » Allah dit : « Extermine ! »
D'une terre chrétienne est souillé le soleil !
Et la loque ottomane a baigné sa vermine
    En un torrent tiède et vermeil.

France, vas-tu rester indifférente au crime
Quand les persécutés, autrefois tes clients,
Vers l'Europe et vers toi, vers toi la Magnanime,
    Tendent leurs bras de suppliants ?

---

[1] *La Route Fraternelle.*

Il est temps qu'à leur plainte une voix compatisse ;
Presse les hésitants, presse ton allié ;
Et que dans le traité, cet article : Justice !
　　Ne soit pas le seul oublié.

Ne dis pas : « Que me fait l'infortune des autres ?
J'eus tort de secourir des peuples asservis.
Dupes sont les sauveurs et naïfs les apôtres ;
　　M'aiment-ils, ceux que j'ai servis ?

« Je leur donnai mon sang en prodigue, en poète,
Et lorsque mon malheur chercha leur amitié,
Nul ne me répondit dans l'Europe muette :
　　Je garde à mon tour ma pitié ».

France, en disant cela, tu te mens à toi-même ;
Tu sais que, refusant d'abdiquer ton passé,
Tu reprendras demain ton généreux poème
　　A la page où tu l'as laissé ;

Tu sais qu'il vaudrait mieux, sous le sort accablée,
Te coucher quelque jour grande et pure au tombeau,
Plutôt que voir ton âme, elle aussi mutilée,
　　S'en aller lambeau par lambeau ;

Car ton âme est aussi parcelle de patrie,
Intangible et sacrée à l'égal de ton sol ;
Et qui te prend ta gloire et ta chevalerie
    Te fait l'irréparable vol.

Oh ! ton âme !! Veux-tu qu'à la sentir atteinte
Tes ennemis joyeux disent ce mot amer :
« La France rayonnait, mais son étoile éteinte
    Un jour a sombré dans la mer ? »

Par ton bras qui défend, contre le bras qui tue,
L'Orient, qui t'aimait, longtemps fut abrité.
Veux-tu qu'un autre peuple à toi se substitue
    Dans ton rôle d'humanité ?

Préserve donc ton âme et conserve ton rôle ;
Ramasse — il est vacant — le sceptre d'équité ;
Il fut tien : et partout, de l'un à l'autre pôle,
    O vaillante, tu l'as porté.

Les nations, dit-on, pèsent dans le silence
Le sort des meurtris et celui du meurtrier ;
A défaut de ton glaive, en leur lente balance,
    Jette du moins ton bouclier.

Pour arrêter le meurtre et désarmer la haine
Pour sauver des bourreaux tout un peuple martyr,
Mets-le sous ton égide à la tutelle humaine
    Des hommes vont encor mourir.

Prends garde que le drame un jour ne recommence;
— Le sabre est rose encor du sang mal essuyé —
La première, au Sultan apprends le mot : Clémence,
    Et souffle au Tzar le mot : Pitié.

La justice est boiteuse et le forfait est vite ;
Que d'un vol plus hâtif et de leurs ailes sœurs
L'alouette gauloise et l'aigle moscovite
    Fassent trembler les oppresseurs.

Oui ! dans la main d'un Tzar, mets ta main fière et libre,
O République, et sur ce front impérial,
De l'Europe et du monde assurant l'équilibre
    Déroule ton drapeau loyal.

Mais si cet empereur au Droit était parjure,
Ah ! laisse de ton cœur partir congédié
Cet allié d'un jour, plutôt que faire injure
    Au Droit, l'immortel allié.

LA NATURE

SOIRS D'ÉTÉ [1]

A M. et Mme E. P...

Par un beau soir d'été, je vins à la lumière,
Et j'ouvris, car ma mère ainsi me l'a conté,
Dans un soleil couchant ma naissante paupière :
Puisse-t-elle se clore avec les soirs d'été !

Par un beau soir d'été, j'ai connu la tendresse,
Et ce premier amour, des étoiles daté,
M'inonda tout le cœur d'une si pure ivresse
Que je voudrais mourir un pareil soir d'été.

Par les beaux soirs d'été j'ai pleuré l'oublieuse,
Mais la clémente nuit, au sein du tourmenté,
Déposait lentement sa paix mystérieuse :
Amis, je mourrais mieux un calme soir d'été.

J'ai reçu des beaux soirs les croyances profondes,
Et les astres m'ont dit la gloire et la bonté
De ce Père inconnu que vont cherchant les mondes
Mon Dieu ! que j'aille à toi par un beau soir d'été !

---

1 *La Vie Silencieuse.*

MESSIDOR[1]

Au Poëte Achille PAYSANT.

Quand je naquis, agreste enfant du Dauphiné,
Messidor rayonnait dans l'immense nature,
Comme pour m'inviter à la moisson future...
J'ai plus de quarante ans et n'ai rien moissonné!

Et je ne serai pas le glaneur couronné
Ou de prospérités ou de progéniture ;
L'épi d'Amour m'a point de sa fine torture,
La Gloire a fui mes doigts, coquelicot fané.

Mais après tout, qu'importe?... En ton sillon modeste
O fils de laboureur, fais l'atavique geste,
Et, pleine de grains purs, laisse ta main s'ouvrir ;

A moi le rôle utile et non le lot superbe :
J'irai vers le tombeau sans avoir fait ma gerbe,
Mais sans avoir semé, je ne veux pas mourir.

La Route Fraternelle.

LE DÉPART DU SOLEIL [1]

A notre ami A. PELTIER

C'est octobre. Les champs boivent avec ivresse
Les rayons du soleil, suprêmes gouttes d'or
Et souriant, malgré son intime détresse,
La Nature revêt un somptueux décor ;

La Nature revêt une parure neuve,
Afin de retarder le moment des adieux,
Et de complaire encor, prochaine et sombre veuve,
A celui qui la quitte, à l'archer radieux.

Mais elle cherche en vain à rester toujours belle,
Jusqu'au seuil de l'hiver prolongeant son été,
Le soleil se dérobe, en jeune époux rebelle
Qui dédaigne l'épouse au soir de sa beauté.

Vainement, pour masquer les trop sûres atteintes
De la vieillesse, elle aime étaler à ses yeux
De la plaine aux coteaux sa robe aux mille teintes,
Et d'un ultime écrin le luxe merveilleux ;

---

[1] *Revue Idéaliste* de 1902.

Vainement elle rêve avant d'être glacée
De revivre à sa flamme une dernière fois,
Elle sera demain la grande délaissée
Et, déjà, je l'entends se plaindre au fond du bois;

Et je la vois pleurer sous sa grâce éphémère ;
Elle pleure, en voyant de ses arbres jaunis,
Reine découronnée et lamentable mère,
Partir tous ses oiseaux et tomber tous ses nids ;

Elle pleure en songeant aux futures tempêtes ;
Et du haut de ses pics au creux de ses vallons,
Son sein est traversé d'épouvantes secrètes,
En écoutant venir le pas des aquilons.

Elle pleure en perdant son reste de couronne,
En regardant — pareil aux splendeurs d'opéra, —
Crouler aux premiers froids tout son faste d'automne
En voyant s'avancer l'hiver qui la tuera ;

Qui la tuera demain, sans remords, ni sans trêve,
Et se plaît aujourd'hui, l'étrange bûcheron,
A la défigurer, avant qu'il ne l'achève :
L'homme la frappe au pied, mais lui la frappe au front...

Et de son balcon d'or l'ingrat soleil assiste
Sans arrêter sa course au grand dépouillement,
Et la pauvre Nature expire nue et triste,
Tandis qu'à l'horizon fuit le Prince Charmant.

II

O moribonde auguste ! ô victime sacrée !
Nature, je te plains mais je t'adore ainsi ;
Je te sens humaine étant plus torturée,
Et, comprise de moi, tu me comprends aussi !

Va ! je t'aime bien mieux dans ta mélancolie,
Que dans ton air frivole aux jours de ton printemps;
Tu me parais plus belle, en étant moins jolie ;
Tes charmes sont plus doux s'ils sont moins éclatants.

Le printemps est joyeux ainsi qu'une espérance,
Mais il n'est pas sacré comme le souvenir,
Et sans aucun souci de l'humaine souffrance,
Il regarde en chantant l'été qui va venir ;

Il est une ironie aussi bien qu'un sourire ;
Il était un poème idyllique et riant,
Mais je trouve qu'il tient dans sa façon d'écrire,
Et trop peu de Virgile et trop de Florian.

Il a pour lui les nids, les parfums et les roses ;
Il a tout ; mais jamais il ne voit ni comprend
Les angoisses des cœurs et les larmes des choses,
Et ce gai compagnon n'est qu'un indifférent.

L'automne est un ami — Permets donc, ô Nature !
Qu'à ce consolateur vienne un inconsolé,
Et laisse s'approcher, en baisant ta blessure,
De ton être meurtri mon être désolé.

Tu souffres : j'ai souffert plus d'une fois. Tu pleures
Ton soleil qui là-bas à l'horizon descend,
J'ai connu de l'exil les éternelles heures,
Où toujours le regard cherche un regard absent.

Tu les vois se flétrir ces bois où tu m'accueilles ;
Hélas ! j'ai vu souvent de mon cœur attristé
Les beaux rêves tomber comme tombent tes feuilles
Sous les souffles cruels de la réalité.

Ton arrière-saison, aux vents de la colline,
A frissonné soudain d'un glacial effroi ;
Mon trop rapide été vers l'automne s'incline,
Et je suis ton enfant, mais aussi vieux que toi.

Laisse donc s'égarer ma rêverie amère
Sous tes arbres, pensifs jusque dans leur couleur;
Berce-moi sur ton sein ; je veux unir ô mère !
Ma chétive tristesse à ta grande douleur.

L'AMOUR

SONNET LIMINAIRE [1]

Riche d'illusions et vierge de souffrance,
Quand mes vingt ans sonnaient leur joyeux tintement,
Dans la forêt du rêve et de l'enchantement,
Extasié, je pris le sentier d'enivrance.

Et quand fanés au vent brutal qui les balance,
Tous les myrtes en fleurs de mon exil charmant,
Un par un s'effeuillaient mélancoliquement,
Solitaire, je pris le sentier du silence.

Mais dans l'air a passé comme un appel ami,
Et la vieille planète a brusquement frémi
Des nouvelles pitiés qui vont souffrant en elle.

Un siècle jeune et pur va tourner le coteau,
A toute brise aimante ouvrant son bleu manteau...
Et je prends avec lui la route fraternelle.

---

1   *La Route Fraternelle.*

RELÈVEMENT [1]

A Paul Desjardins

Ne cède pas, mon âme, à la désespérance,
Bien qu'il semble fini le temps de tes amours
Et bien qu'à tout jamais, — longue, longue souffrance ! —
Au fleuve de l'exil vont descendre tes jours.

Ne t'abandonne pas aux stériles tristesses,
Même lorsque tu vois le lourd isolement,
Sur ton être sevré de toutes les tendresses
Comme un cercueil de plomb retomber brusquement.

Malgré le mal secret qui te vient de l'absence,
Et ce mal plus secret encor, qui t'est venu
Pour la première fois de son cruel silence,
Malgré le doute affreux, ce sinistre inconnu.

Oui, malgré le soupçon qui te blesse et t'effraie,
Et jusqu'au fond de toi pénètre en grandissant.
Comme une inguérissable et souterraine plaie
Qui, travaillant dans l'ombre, en pleine chair descend.

_____

[1] _La Vie Silencieuse._

Et malgré ce tableau qui s'offre à ta pensée,
Et te montre l'amante aux bras d'un autre amant,
Sacrifiant peut-être, ô la pauvre insensée !
Un amour de toujours à l'amour d'un moment;

Résiste à ta douleur, ô mon âme, ô martyre,
Et sache bien souffrir, toi qui sus bien aimer;
La volupté des pleurs secrètement t'attire :
Prends garde... dans ce flot tu pourrais t'abîmer.

A cet amer nectar de la mélancolie,
Ne bois pas avec trop d'ardeur, parce qu'au fond
Tu pourrais rencontrer la mort... ou la folie.
Cherche à guérir ton mal : je sens qu'il est profond.

Et pourquoi donc toujours irriter ta blessure?
L'être chéri, dis-tu, cesse de te chérir !
La femme t'a trompé !... en es-tu donc bien sûre?
T'aurait-elle attirée, ayant dû te trahir ?

Aurait-elle avec toi tant souffert ? Aurait-elle,
— Souviens-toi de ses yeux — avec toi tant pleuré?
Cette amour-là, vois-tu, c'est l'amour immortelle,
L'hymen est éternel que les pleurs ont sacré.

A quoi bon dans ton cœur maudire l'adorée ?
Ne prends pas de la joie à te faire souffrir ;
Et dans un sombre ennui ne te tiens pas murée,
Comme dans un sépulcre où tu t'en vas mourir.

Reviens à l'existence et retourne à la tâche ;
La souffrance est creuset ou bien elle est poison !
Le fort en sort trempé, le faible en sort plus lâche,
L'un y prend la vigueur, l'autre y perd la raison.

Oh ! pleure, si tu veux, mais non jusqu'à l'ivresse ;
Ne fais pas de tes pleurs ton unique aliment ;
Songe plus au devoir et moins à la maîtresse,
Car Rodrigue a raison et c'est Werther qui ment.

Retourne à tes travaux ; que de ta cicatrice
Germe l'expérience et non le désespoir ;
La douleur, a-t-on dit, est l'âpre institutrice :
Au livre de la vie apprends d'elle à mieux voir.

Elle a ceci de grand, qu'étant fière et profonde,
Qu'étant la noble enfant des nobles passions,
Elle fait mépriser tes vanités, ô monde,
Et tout le vil calcul de tes ambitions.

Elle a ceci de pur, qu'elle tient pour infâme
Le plaisir qui s'achète et l'amour qui se vend,
Gardant à tout jamais des vrais baisers de femme
Le regret éternel et le parfum vivant.

Elle a ceci de doux, qu'elle est compatissante,
Qu'ayant connu les maux elle aime les guérir.
Et s'approcher, ainsi qu'une sœur caressante,
De tous les isolés que le cœur fait souffrir.

Et c'est d'elle que naît la Pitié, fleur suprême ;
C'est par elle qu'éclot la rose de Bonté
Sur la tombe où l'amour, sans remords ni blasphème,
Comme un soldat de Dieu, se couche ensanglanté.

LA CRÉATION DE LA FEMME [1]

L'univers souriait dans sa jeune beauté,
Et le soleil dorait de sa lumière blonde,
Cet enfant né d'hier qui se nommait le monde,
Et tout avait la grâce, ayant la nouveauté.

Alors Dieu dit : « Adam, pour toi seul, j'ai jeté
Dans l'infini des cieux l'étoile vagabonde,
J'ai mis des fleurs aux champs et des perles dans l'onde,
Et j'ai gravé ce mot sur ton front : Royauté !

Et pourtant la tristesse assombrit ton visage ;
Le firmament est pur et l'homme a son nuage.
De quel secret désir es-tu donc consumé ?

J'étais le Dieu du monde, et je t'en ai fait l'âme ;
Que voudrais-tu de plus ? — Je voudrais être aimé —
Dieu ne répondit pas, mais il créa la Femme.

---

[1] *Les Tendresses et les Cultes.*

A LA BEAUTÉ [1]

On dit qu'un jour, de Dieu la palette sacrée
Voulant faire un chef-d'œuvre, un être sans pareil,
Créa votre beau corps dont la blancheur nacrée
Fait frissonner la nuit les anges du sommeil ;

Qu'ayant rêvé pour vous une tête adorée,
Il mit tout son printemps sur votre teint vermeil,
Dans vos yeux, tout l'éclat de sa voûte azurée,
Et sur vos blonds cheveux tout l'or de son soleil,

Afin que vous puissiez, rayonnante et sereine,
Par le monde ébloui passer comme une reine,
Sur un peuple d'amants trôner d'un air vainqueur ;

De votre seul aspect nous enivrer, Madame,
D'un seul de vos regards mettre l'amour dans l'âme...
D'un seul de vos baisers mettre le ciel au cœur.

---

[1] *Les Tendresses et les Cultes.*

O ROUGE-GORGE [1]

O Rouge-gorge, un jour ton amante infidèle
Te quitta lâchement pour ne plus revenir ;
Tu vis tout ton bonheur s'envoler avec elle,
Et consumé d'ennuis, tu voulus en finir.

Tu te perças la gorge, et d'une fureur telle
Que tu vis sous le sang ton duvet se ternir :
Depuis, rien n'effaça cette tâche immortelle,
De ton tragique amour, tragique souvenir.

Va ! je respecterai ta profonde tristesse,
O pauvre délaissé, car lorsque l'amour blesse,
Sacrée est la blessure, impie est le moqueur ;

Car moi, je souffre aussi d'une plaie éternelle.
La tienne, plus visible, est pourtant moins cruelle:
Tu la portes au cou, moi je la porte au cœur !

---

[1] *Les Tendresses et les Cultes.*

AMOUR MYSTIQUE [1]

J'ai pour elle un amour profondément mystique.
C'est un culte, aussi bien qu'un attendrissement;
Elle est pour moi la sainte, et je suis fanatique
Au point de la prier, le soir, en m'endormant.

Tout présent de sa main me semble une relique.
Je touche à ce trésor aussi dévotement,
Que les vierges, au fond du cloître catholique,
Touchent au Corps sacré de leur céleste Amant.

Lorsqu'avec un frisson mon cœur entier se pose
Sur ses yeux de velours ou ses lèvres de rose,
Ce baiser me paraît une communion;

Et je ne sais plus bien, tant elle me pénètre
Non seulement d'amour, mais d'adoration,
Si je suis son amant, ou si je suis son prêtre.

---

[1] *Les Tendresses et les Cultes.*

L'HYMEN DES AMES [1]

Oh ! ne plus former qu'un seul être !
Vivre l'un à l'autre enlacés
Comme le gui s'enlace au hêtre
Ou comme la bouche aux baisers ;

Confondre tout : bonheur, épreuve ;
Laisser deux âmes se mêler,
Comme dans le seul lit d'un fleuve
Deux sources qui viennent couler :

Se retrouver, loin de la terre,
Dans un rêve divin et fou,
Dans l'idéal, dans le mystère,
Dans une étoile, n'importe où.

S'être créé même demeure
Au sein des mondes ignorés,
Se dire : « C'est là, qu'à telle heure,
Nos deux cœurs se sont rencontrés ! »

---

1 *Les Tendresses et les Cultes.*

Songer ensemble aux larges cimes,
Se parler en mots inconnus,
Comme deux voyageurs sublimes
D'un même pays revenus ;

S'unir en dépit de l'espace,
Et poursuivre éternellement,
Quand tout se voit et quand tout passe,
Cet invisible embrassement !

SŒUR D'ÉLECTION[1]

O ma sœur d'idéal, puisque tout lys s'abuse,
S'il n'a le goût du ciel au terrestre sillon,
Puisqu'un sourire est vain qui n'est pas un rayon...
      Soyez la muse!

O ma sœur de pitié, puisqu'il est un royaume
De secrètes douleurs pour tous, et que chacun
Rêve une Madeleine épandant son parfum...
      Soyez l'arôme!

O ma sœur de clarté, puisque aujourd'hui se voile
La route du nocher sur l'océan humain,
Et que le juste même ignore son chemin...
      Soyez l'étoile!

O ma future sœur de la céleste enceinte,
Puisqu'un amour n'est rien s'il n'est l'éternité,
Et qu'il faut conquérir l'immortelle Cité...
      Soyez la sainte!

---

[1] *Les Tendresses et les Cultes.*

LA POESIE ET L'IDEAL

MOLIÈRE

ET LA MUSE DU THÉÂTRE SOCIAL [1]

PERSONNAGES

La Muse. — Molière

*La scène se passe à la Comédie-Française
le jour de l'inauguration de la nouvelle salle
(29 décembre 1900).*

La Muse

Rentre dans ta maison reconstruite, ô Molière !
Car sur les mêmes plans et dans le même lieu,
Malgré l'âpre incendie à la robe de feu,
Elle s'est relevée en sa robe de pierre ;

Et l'hiver sème en vain le pavé de grésil,
Des collines descend la ville en ta demeure,
Puisque l'exode est clos, et qu'enfin sonne l'heure
Du retour appelé par les heures d'exil ;

Et rempli d'allégresse, auprès du chef, se groupe
Le chœur de tous les tiens, vétérans et conscrits ;
Regarde devant toi : voici tout ton Paris,
Regarde autour de toi : voici toute la troupe !

---

[1] *Revue Idéaliste* du 1er Mars 1901.

Toute la troupe non !... La flamme dévora
Un anneau de la chaîne, une fleur du cortège,
Et saisit tout à coup, sous ses voiles de neige,
Dans sa niche parée un si doux Tanagra.

Mais s'il nous faut pleurer l'exquise statuette,
Tous les bustes de marbre, hôtes de ton foyer,
Que chaque soir la foule aimait à coudoyer,
Reviennent se ranger autour du tien, poète.

Et dans ses nouveaux murs gardant même beauté,
Ton antique maison, fière de ton génie,
Avec le jeune siècle elle aussi rajeunie,
Est debout dans sa gloire et son éternité.

Molière

Oui, je la reconnais... et, joie en ma tristesse,
Je revois le vieux gîte en tous ces neufs décors;
Un peu plus de splendeur, un peu moins d'étroitesse;
Mais c'est le même esprit, presque le même corps ;

Puis la même famille... et comme l'hirondelle
Retourne à la corniche où s'abritait son nid,
Au socle est remonté chaque exilé fidèle,
Et tous les dispersés sont enfin réunis.

Et les bannis d'un jour regagnant la patrie,
Remplissant les couloirs glorieux bien qu'étroits,
De stèle en stèle on voit la noble galerie
Se repeupler ainsi qu'un parterre de rois ;

Et tous les mêmes fronts rayonnent sous les lustres,
L'un ayant son panache et l'autre son laurier,
Et les traits sont frappants si les noms sont illustres,
Depuis ce beau Rotrou jusqu'à ce fier Chénier.

Ils ne t'oubliaient pas, demeure familière
A leurs yeux comme aux miens ; et revenant ici
Ils revenaient chez eux... la Maison de Molière
Est celle de Corneille et de Racine aussi.

Soyez les bienvenus, rois de la tragédie ;
J'admirais le premier qui m'ouvrit le chemin ;
Et j'ai toujours aimé le second, quoi qu'on die ;
Et tous trois dans la mort nous nous donnons la main.

Vous eûtes l'un et l'autre un différent génie,
Mais la palme est la même, ornant votre tombeau.
Corneille est la grandeur, Racine est l'harmonie,
Et le monde s'éclaire à ce double flambeau.

La Muse

Et le monde s'éclaire au tien surtout, Molière,
Car ta raison lucide est l'astre de clarté
Qui mit un peu de jour dans notre obscurité ;
D'autres ont plus d'éclat, mais toi plus de lumière ;

Que de fois tes regards, subtil contemplateur,
Percevaient attristés, dans leur vision nette,
Le visage pervers dessous le masque honnète,
Sous Tartufe dévot, Tartufe séducteur !

S'il te voit, Trissotin, s'il te voit, Mascarille,
Demain les spectateurs crieront sur tous les bancs :
« L'un a volé ses vers, et l'autre ses rubans,
Et l'un n'est qu'un pédant, et l'autre n'est qu'un drille. »

Oh ! Molière fut vrai ! Sous tous vos noms divers,
Philaminte, Cathos, Tartufe, Acaste, Oronte,
— Comme l'unique piège et l'éternelle honte —
Le mensonge est traqué dans sa prose ou ses vers.

Oh ! Molière fut beau ! puisqu'il a fait ce rêve
De voir dans la cité l'homme à l'homme loyal,
Et puisque son Alceste avait ceint l'idéal,
Qui luisait, à son flanc, droit et pur comme un glaive.

Oh ! Molière fut grand ! puisqu'il combat encor
Pours on art en mourant, et, comme un soldat, tombé ;
La scène fut sa vie, elle est aussi sa tombe ;
Il y lutta vivant, il y triomphe mort.

Mais il est demeuré le Maître inimitable,
Et nul disciple, hélas ! n'a pu le remplacer ;
Et tous tes successeurs n'ont fait que ramasser,
Splendide amphitryon, les miettes de ta table.

Ils ne t'ont pas chaussé, brodequin de l'aïeul,
Ni retrouvé son rire.

Molière

Oh ! je te trouve injuste.

La Muse

Non ! ton lumineux rire et ton bon sens robuste,
Pas un ne les possède à la fois, pas un seul.

Molière

Pas un seul ? est-ce vrai ? Tu fais trop mon éloge,
Et de mes héritiers tu fais trop le procès.
Ignores-tu tous ceux que cette maison loge,
Logeant avec eux tous cet hôte : le succès ?

Regarde ! C'est Voltaire au saisissant visage,
Comme au mordant sourire ; et voici ses rivaux,
Le gai Regnard ; le fin Piron ; l'amer le Sage ;
Ce railleur, Beaumarchais ; ce charmeur Marivaux.

Et ces derniers venus dans la troupe sacrée.
Delavigne, Ponsard, et ce tendre Musset,
Puis Hugo, dont la tête olympienne, inspirée,
Nous effarouchait tous, mais tous nous dépassait ;

Et puis, Augier, Dumas, ces deux jumelles gloires ;
Et tous ceux qui portant habit, toge ou pourpoint,
Sur ce champ de bataille ont gagné des victoires...
— Toi qui parlais ainsi ne les connais-tu point ? —

Tous ceux qui parcourant après moi cette scène,
Ont trouvé même honneur dans ce même chemin,
Tous les fils de Thalie et ceux de Melpomène,
Muses laissant tomber le vrai de chaque main.

Mais toi, qui donc es-tu ?... Car je crois, à t'entendre,
Que tu n'es tout à fait l'une ni l'autre sœur ;
Melpomène serait pour Molière moins tendre,
Et dans la voix, Thalie aurait moins de douceur.

MOLIÈRE

La Muse

Poète, tu dis vrai. — Ces Muses furent grandes,
Mais leur rôle ici-bas n'était pas immortel,
Et voici l'avenir, qui veut qu'au vieil autel
L'éternel coryphée ait de jeunes offrandes.

Je suis la Muse, ami, du drame social ;
Je viens jeter, avec le siècle qui commence,
Comme le laboureur, la féconde semence,
Et comme l'alouette, un chant initial ;

Je viens, à l'heure grave où le coteau s'éclaire
D'une aurore inconnue, entonner la chanson
Civique, et, préparant la future moisson,
Enfoncer la charrue au sillon populaire.

Il faut nouvelle Muse au siècle nouveau-né,
Du théâtre à créer je suis l'inspiratrice ;
Le peuple a faim, a soif : je suis l'ordonnatrice
De l'immense banquet au peuple destiné,

Car il veut à son tour s'asseoir à cette table
Où nous distribuons le pain de Vérité,
Et l'oublié d'hier, légitime invité,
Tend sa lèvre altérée au verre délectable.

De ton temps, le seigneur insolent et hautain
S'étalait sur la scène en raillant le parterre :
Aujourd'hui pour le noble et pour le prolétaire,
Pour tous également est servi le festin.

Vienne donc la cité, vienne aussi la famille,
Et que sur tous les fronts des hommes assemblés,
Comme un tressaillement qui court parmi les blés,
Le grand frisson du beau se propage et fourmille.

Nous voulons rejeter l'égoïsme mauvais,
Ouvrir, ouvrir à tous notre âme hospitalière ;
Et reprenant la route où tu marchais, Molière,
Nous voulons accomplir tout ce que tu rêvais.

Molière

Tout ce que je rêvais... et n'ai pu faire, ô Muse !
J'ai beaucoup médité, mais je n'ai pas tout dit,
Car je n'étais pas libre, et c'est là mon excuse :
Cinq ans sur mon Tartufe a pesé l'interdit.

Le théâtre est captif sur une terre esclave.
J'eus dans Louis quatorze un tutélaire ami ;
Mais l'amitié d'un roi, c'est encore une entrave,
Et tout penseur d'alors n'était franc qu'à demi.

Ah ! devant cette cour si brillante... et si dure,
Le courroux indigné grondait dans mon esprit,
Et je sentais saigner ma secrète blessure,
Et je voulais pleurer bien des fois, quand j'ai ri ;

Et comme mon Alceste emportant sa chimère
Dans le fond d'un désert, moi, l'éternel moqueur,
Ne jetant qu'à moitié ma plainte trop amère
Je me suis retiré dans le fond de mon cœur.

Mais vous, fils plus heureux d'une ère plus hardie,
Mes jeunes successeurs, debout à votre tour ;
Achevez l'entreprise, et si ma comédie
Fit l'œuvre de raison, faites l'œuvre d'amour.

La Muse

Faites l'œuvre d'amour, poètes populaires ;
Et que les trois beaux mots, radieux écriteau,
Trop muets sur les murs, montent sur les tréteaux,
Et sonnent pour la foule en syllabes très claires,

Le théâtre peut seul clamer la vérité
Plus haut que le journal, plus loin que la tribune ;
Un plaisir collectif aide à l'œuvre commune :
Le théâtre dira le chant de LIBERTÉ.

Le théâtre va dire aux tribus rapprochées
Le chant d'EGALITÉ, mais sans vouloir pourtant
Que la Vertu sublime et que l'Art éclatant
Soient des tiges d'honneur à tout jamais tranchées.

Il va dire surtout ton chant, FRATERNITÉ,
Car le théâtre unit si le livre sépare :
Tout plaisir de lecteur est un plaisir d'avare,
Mais dans OEDIPE bat le cœur de la cité.

Oui ! ces hommes en proie à des luttes contraires,
Si quelque enthousiasme ardent et généreux
De la scène aux gradins se reflète sur eux,
Eclairés tout à coup, se sentiront des frères.

Oui! le théâtre étant le public rendez-vous,
Fait que les jours de haine ont de beaux soirs de trêve,
Et qu'abordant ensemble à la plage du Rêve, [doux.
Les cerveaux sont moins durs et les cœurs sont plus.

Et c'est lui qui demain, — ainsi qu'au temps antique
Des Eschyles très hauts, des Sophocles très purs, —
Par ses rameurs hardis et ses pilotes sûrs,
Sillonnera partout la mer démocratique.

Le théâtre d'ailleurs est pareil au vaisseau
Par sa forme, et l'Idée, éclatante mouette,
Voltige dans sa frise, et le vers du poète
Semble y battre de l'aile ainsi qu'un grand oiseau.

Beau navire qui pars, en dépit des tourmentes,
Avec le jeune siècle à son premier matin,
Nous rapporteras-tu l'introuvable butin,
La perle de Justice aux facettes aimantes ?

Vois : d'écueil en écueil le peuple est ballotté ;
Ah ! tends-lui la boussole, et jette-lui la corde ;
Et voguez l'un et l'autre, au souffle de concorde,
Vers l'étoile de Paix et le port d'Équité ;

Et qu'à tes mâts houleux rayonnent et sourient
Les trois couleurs, universelle trinité,
Symbolisant l'honneur, l'amour et la beauté,
Car la neige et la pourpre et l'azur s'y marient,

Pavillon d'un grand peuple aux peuples cordial,
Lumineux pèlerin qui, venu de la France,
Pour tous les opprimés promène une espérance
Et pour tous les penseurs projette un idéal.

CELUI QU'ON OUBLIE [1]

Deux Sonnets sur Alfred de Musset

Il parut. Son visage était sourire et fleurs ;
Dans sa jeune chanson riait l'Andoulousie,
Et sa muse jouait, vierge encor de douleurs,
Avec ce gai lutin qu'on nomme : Fantaisie ;

Bientôt son front connut les exquises pâleurs
De l'amour, et plus grave alors, sa poésie
Fut un fleuve où roulaient moins de vers que de pleurs ;
On sentait l'amertume au fond de l'ambroisie ;

Et tandis que sa voix sur le siècle enivré,
Laissait tomber d'en haut le chant désespéré,
Saint comme la souffrance et vibrant comme l'âme,

Tout homme dont le cœur saignait profondément
L'appelait en criant : mon frère ! et toute femme
En baisant ses doux vers, murmurait : Mon amant !

---

1 *Les Tendresses et les Cultes.*

II

Il mourut. Pour jamais sa tendre âme inquiète,
S'endormit près du saule et sous les calmes cieux.
Et de la Muse en deuil sur cette chère tête,
Tombèrent les baisers longs et silencieux.

La jeunesse pleura, veuve de son poète.
Et tous ceux qu'unissait l'amour mystérieux
Venaient, couples muets, à cette ombre muette,
Avec des fleurs aux mains et des larmes aux yeux.

Et ce fut tout. On l'aime, et pourtant on l'oublie,
Et Paris, la cité de piédestaux remplie,
N'en trouve pas un seul pour son fils immortel ;

Pour le chantre divin de l'humaine tendresse,
Rêveur au front élu, qu'eût honoré la Grèce,
Vivant, par des lauriers, et mort par un autel.

LAMARTINE[1]

—✧—

Ame de citoyen dans un cœur de poète.
(LAMARTINE).

A mon ami A. COMBARIEU.

I

Ce fut pour notre siècle une belle journée,
Lorsque dans le printemps de sa vingtième année,
      Il entendit la douce voix,
Qui laissait vers les cieux monter le nom d'Elvire
Et qui, venant d'un cœur ainsi que d'une lyre,
      Pleurait et chantait à la fois.

Alors, tous les mortels avides d'harmonie,
Tous ceux qui pressentaient qu'un chantre de génie
      Séduirait les peuples demain,
Et qui, sous la matière ayant l'âme étouffée,
Pour secouer leur joug attendaient qu'un Orphée
      Vint a passer sur leur chemin ;

---

[1] *Les Tendresses et les Cultes.*

Tous ceux que la nature emplit de rêverie,
Et qui sentent en eux quelque chose qui prie
    Devant les bois mystérieux.
Songeurs tout pénétrés d'un culte involontaire,
En face des grands monts et du lac solitaire
    Où viennent se mirer les cieux ;

Tous ceux qui dans leur cœur se font une retraite,
Qui passent, savourant la volupté secrète
    D'une exquise et sainte douleur,
Et qui, d'un chaste amour victimes fortunées,
Ont de son souvenir parfumé leurs années
    Comme d'une invisible fleur;

Tous prêtèrent l'oreille à la voix inconnue,
Qui venait sur leur front de traverser la nue,
    Et leur paraissait tour à tour,
— Harmonieux écho de l'âme tout entière, -
Ou bien religieuse ainsi qu'une prière,
    Ou bien tendre ainsi que l'amour.

    Elle chante l'éternel rêve
    De l'homme, céleste banni
    Dont l'âme toujours se soulève,
    Comme une aile, vers l'infini ;
    Et le grand vide qui demeure
    Au fond de nous, et fait qu'on pleure

Sous les fleurs même du festin ;
Et cette invincible espérance,
Qui brille à travers la souffrance,
Comme sous la nuit le matin.

Elle chante l'intime charme
Du lac où l'on vogue en s'aimant,
Mais où parfois tombe une larme
Sonore comme un diamant :
Elle chante le vallon sombre
Qui verse au front brûlant son ombre,
Et sa paix au cœur agité ;
Car toujours la mère Nature
Pour reposer la créature
A l'ample sein de sa bonté.

Quand de ténèbres le soir voile
Les gazons verts et parfumés,
Tandis qu'aux cieux brille l'étoile,
Comme un regard des morts aimés ;
Quand vient cet autre soir, l'automne
Qui prend à l'arbre sa couronne,
A l'homme ses illusions ;
Elle chante. . et raconte encore
Dans son rythme pur et sonore
Ses calmes méditations.

Plus rêveuse que l'ode antique,
Et plus chaste qu'un chant païen,
Elle vibre comme un cantique,
Sous la nef d'un temple chrétien.
Ce n'est pas la voix d'une muse
Qui de tout sentiment s'amuse
Comme un enfant avec des fleurs;
Mais c'est la voix profonde et grave
Dont l'accent pénètre et se grave,
Car on le sent trempé de pleurs!

Ecoutez: de chaque existence
Elle dit chaque émotion,
Et traduit le langage immense
De l'immense création;
Ecoutez: c'est le refrain vague
De cette chanteuse, la vague;
C'est le plaintif et léger son
De la brise sous la ramure,
Et de l'oiseau c'est le murmure
Et de la fleur c'est le frisson!

Multiple et suave harmonie,
Elle rend tous les bruits divers,
Et c'est une gamme infinie,
Et c'est l'hymne de l'univers...

Et la foule écoute attentive,
Se demandant de quelle rive
Est parti le chant inspiré,
De quel vallon, de quelle cime,
De quel musicien sublime,
De quel grand poète ignoré.

Ce poète ignoré se nommait Lamartine !
C'était toi, c'était toi, jeune amant radieux,
Qui laissais tout à coup du fond de ta poitrine,
S'exhaler tes soupirs en sons mélodieux !

Toi qui créais le vers musical et lyrique,
Qui faisait succéder, poète et précurseur,
Au cycle des combats un cycle poétique,
A l'ère de la force une ère de douceur ;

Toi qui de ta seule âme et de ton seul génie
Faisais jaillir soudain des flots d'émotions,
Comme un fleuve du cœur, comme une onde infinie
Où boiront tour à tour les générations.

Lamartine, salut ! Devant ta grande image
Je viens m'agenouiller comme au pied d'un autel,
Et mon vers monte à toi, comme un pieux hommage
Du poète éphémère au poète immortel.

Si j'ose te chanter, c'est que pour toi mon culte
Est une passion, et c'est que j'ai pleuré
De voir qu'on te dédaigne et même qu'on t'insulte,
C'est que je t'aime assez pour en être inspiré!

Car je t'aime, vois-tu, comme on aime la gloire,
Comme on aime une harpe à l'ineffable ton,
Comme on aime celui qui fait rêver et croire,
Ou comme un jeune Grec devait aimer Platon.

Je t'aime, car tu fus le poète de l'âme.
Le démon de tes vers n'est pas l'esprit du mal.
Ta muse n'a jamais commis ce crime infâme:
Insulter à l'amour ou railler l'idéal.

Elle ne connaît pas le rire sardonique;
Parfois à l'espérance elle a pu dire adieu;
Mais s'il est douloureux, il n'est pas ironique,
Le cri de désespoir qu'elle lançait vers Dieu.

Sa robe est d'une vierge et ses ailes d'un ange;
Son regard est aimant, mais il n'est pas impur,
Et sans jamais toucher de ses pieds à la fange,
Elle touche toujours de son front à l'azur.

Qu'elle chante ta joie ou chante ta souffrance ;
Qu'elle pleure avec toi la fille du pêcheur,
Qu'elle dise l'amour d'Elvire ou de Laurence,
Son cœur n'est que tendresse et sa voix que fraîcheur.

Tous les secrets de l'art sont dédaignés par elle ;
Peut-être elle est trop simple en sa molle candeur.
Mais étant moins parfaite, elle est plus naturelle;
Son inspiration suffit pour sa grandeur.

Je t'aime encor, poète, à cause de ta vie,
Le sort put l'attrister, mais non pas la ternir ;
Tes nobles actions, en dépit de l'envie,
Feront parler de toi l'équitable avenir ;

Car ainsi qu'un poème éclatant, ton histoire
Désormais se déroule au livre du passé,
Et je vois du soleil sur la route de gloire,
Où devant l'univers Lamartine a passé.

II

Tu naquis. La Saône limpide
Te vit du fond de ses roseaux
Naître harmonieux et candide
Comme le cygne de ses eaux.

Tu grandis. Au fond de ton âme,
De ses douces lèvres de femme
Ta mère versa la bonté,
Et t'apprit, docteur angélique,
De la morale évangélique.
La sublime simplicité

Et depuis, durant ton voyage
Au milieu du monde pervers,
Dans tes jours de calme et d'orage,
Dans tes bonheurs et tes revers,
Et jusqu'au fond des solitudes,
Et jusqu'au sein des multitudes,
On vit marcher sur ton chemin,
Comme une escorte maternelle,
La foi, cette lampe éternelle,
La charité, cet ange humain.

Ta jeunesse méditative
Erra parmi les nations,
Et promena de rive en rive
Ses généreuses passions.
Tu pus au soleil d'Italie
Réchauffer ta mélancolie

Et trouver un jour sous tes pas,
La fleur matinale et charmante,
Que respira ton âme aimante...
Mais que ta main ne cueillit pas.

Et puis tu devais dans ta course,
Toucher à l'amour tant rêvé,
Et rencontrer enfin la source
Où ton être s'est abreuvé ;
Tu devais boire au même vase,
La volupté jusqu'à l'extase,
Et l'amertume jusqu'au fiel...
Et soudain, tu marchas sur terre
Comme un corps veuf et solitaire
Dont l'âme est déjà dans le Ciel.

Mais l'homme souffre, et Dieu le mène,
Et les tortures de l'amour,
Ainsi que toute chose humaine,
Peuvent se transformer un jour.
Raphaël, pleure ta Julie
Loin de tes yeux ensevelie,
Mais ne maudis pas tes douleurs,
Car ta blessure fut bénie ;
Ton amour devient ton génie,
Et les beaux vers germent des pleurs.

Voici la gloire, amant d'Elvire!...
Pèlerin, voici l'Orient!
Debout sur ton royal navire
Pars, magnifique et souriant.
Athènes, Byzance, Solymes,
Visite ces villes sublimes,
Traverse le désert ardent,
Et que les tribus du Prophète,
S'inclinent devant un poète...
Ce prophète de l'Occident.

Mais il eut sa sombre journée
Ce long voyage triomphant,
Et l'implacable destinée
Ravit au père son enfant!
Tu rapportas dans ta patrie
Ton âme de nouveau meurtrie...
Il te restait un seul moyen
D'oublier ta propre souffrance:
C'était de souffrir pour la France.
Poète, tu fus citoyen!

Oui! La France un jour de tempête,
Ainsi qu'un vaisseau démonté,
Voguait sans pilote à sa tête
Et sans fanal à son côté.

Tu t'élanças plein de courage
Au gouvernail, et du naufrage
Sauvas navire et matelots ;
Et la carène redressée,
Pour boussole ayant ta pensée,
Allait superbe sur les flots !

En vain l'émeute populaire
Jetait dans les âmes l'effroi,
Et comme une mer en colère
Montait grondante jusqu'à toi...
Tu courais à l'onde écumante,
Et faisant face à la tourmente,
Ta voix dans l'orage parlait,
Ta voix, séductrice si belle,
Qu'aussitôt la vague rebelle
Courbait la tête... et reculait.

Mais la tempête est éternelle,
Et l'homme est à la fin lassé ;
Grand athlète vaincu par elle,
Tu tombas un jour terrassé.
Et cette foule qui, la veille,
En t'écoutant, disait : « Merveille ! »

Devant ta chute osa crier :
« Voilà l'auteur de nos désastres,
Il savait lire dans les astres,
Et ne savait pas son métier ! »

Ils ne t'ont pas compris, ô mon noble poëte ;
Ils t'ont chassé loin d'eux, te jetant à la tête
    Le titre de rêveur,
Comme si l'idéal et comme si le rêve
Ne guidaient pas le monde en sa marche sans trêve
    Vers le progrès sauveur !

Quoi ! tu n'étais que grand ! il fallait être habile ;
Il fallait t'avilir à tout parti servile,
    A tout char enchaîné,
Flatter selon les temps, ou bien la tyrannie
Ou bien la populace, et vendre ce génie
    Que Dieu t'avait donné

Tu préféras tomber. Toi qui par ta parole
D'un Périclès moderne avait joué le rôle,
    Tu connus le dédain.
Toi dont les charités en tous lieux répandues
Remplissaient de ton or toutes les mains tendues,
    Tu fus pauvre soudain.

Toi, l'illustre orateur et l'illustre poète,
Qui d'un double laurier avais orné la tête,
    Toi, l'écrivain brillant,
L'homme des Girondins, le dieu des Harmonies,
L'Emir qui déployant des splendeurs infinies,
    Etonnais l'Orient ;

Toi, l'un de ces passants qu'adore un jour la terre ;
Tu devins le vieillard pensif et solitaire
    Que nul ne connaît plus,
Et que raille la voix de cette plèbe ingrate
Qui garde en tous les temps du poison pour Socrate,
    Une croix pour Jésus.

Tu mourus délaissé... mais ce fut pour revivre ;
Tu montas lumineux de la mort qui délivre
    A l'immortalité,
Et maintenant ton nom devant qui je m'incline,
Brille comme une étoile au front d'une colline
    Dans une nuit d'été.

Car la lampe du beau, ce divin héritage
Que de rares élus se passent d'âge en âge,
    A passé dans ta main·
Les nations, un jour, furent par toi guidées,
Et comme des rayons tu laissas tes idées
    Tomber sur leur chemin.

Tu les charmes toujours aux accords de ta lyre,
Priant au nom de Dieu, vibrant au nom d'Elvire;
      Ton règne est éternel...
Et par-delà les corps, et plus haut que les tombes,
Les âmes vont à toi, doux peuple de colombes
      En marche vers le Ciel!

HOMMAGES A VICTOR HUGO [1]

LE CHÊNE

1

Je vis sur le coteau la forêt romantique,
Bois sacré, bois sonore au large souffle errant,
Et dont chaque arbre avait, des autres différent,
Sa ramure chantante et caractéristique.

Svelte et grand, Lamartine était le peuplier
Qui vers tout chaste azur, toute hauteur chrétienne,
Tendait éperdument sa harpe aérienne,
Où semblaient tour à tour gémir, vibrer, prier,

Tout l'univers physique et toute l'âme humaine,
Les plaintes du « vallon » et les frissons du « soir »,
Les chants pieux, les chants de paix, les chants d'espoir,
Tous les cris de la terre, hormis les cris de haine.

Vigny, frêne hautain, songeait près d'une tour,
Grave comme un penseur et fier comme un artiste;
Saule au front toujours vert mais au cœur toujours triste,
Musset rêvait encor à l'immortel Amour.

---

1 *Revue Idéaliste* du 1er Mars 1902.

Barbier, houx frémissant, hérissait de colère
Son iambe indigné, tandis que, bon tilleul,
En refrains de chansons ou recettes d'aïeul,
Béranger verse à tous la santé populaire.

Le Marseillais Autran, citronnier aux fruits d'or,
Regrettait sa Provence, et Brizeux, fin mélèze,
Revoyait les genêts, grâce de la falaise,
Et les clochers à jour, parure de l'Armor.

Laprade répétait sa tirade éloquente,
Pin des cîmes, d'un vent alpestre traversé,
Tandis que d'une brise attique caressé,
Théophile Gautier tissait sa pure acanthe.

Hégésippe Moreau, frissonnant et ténu,
Est le myosotis qui bleuit dans les sentes ;
La fidèle Valmore, aux rimes caressantes,
Est le lierre enlaçant, pâle comme un bras nu.

Pareils à des jumeaux, double jet du même orme,
Les deux frères Deschamps mariaient leurs deux voix ;
Un cyprès maladif racontait à la fois
L'âme de Sainte-Beuve et de Joseph Delorme.

D'autres arbres encor, au nom moins glorieux,
Collaboraient pourtant au murmure sublime,
Car c'est l'obscur taillis, la futaie anonyme,
Qui fait le bois si vaste et si mystérieux....

Mais le chêne puissant, auguste, vénérable,
Plongeant au ciel, au sol, vers les deux infinis,
Résonnant de cent voix et peuplé de cent nids,
Prodigieux orchestre et clavier innombrable,

Le chêne bruissant, de tout un siècle écho,
Le chêne formidable et doux, le centenaire
Accueillant la fauvette et bravant le tonnerre,
Le roi de la forêt.... c'était Victor Hugo.

II

Gloire à lui, car il est immense !
Et dans son dôme tour à tour
L'aquilon souffle sa démence,
L'oiseau soupire son amour.
Il recueille en ses vastitudes
Toutes les voix tendres ou rudes,

La paix qui vient des solitudes,
Le fracas qui vient du faubourg ;
Et dans sa profonde ramure,
L'élégie a mis son murmure,
Et le drame son bruit d'armure.
Et l'ode son bruit de tambour.

Gloire à lui, car il est sublime !
Et si, d'un pied solide et sûr,
Il descend jusqu'au noir abîme,
Son panache touche à l'azur.
Il est le penseur solitaire
Qui sait l'universel mystère
Du ciel autant que de la terre,
Et qui raconte également,
Sur les nervures dentelées
De ses feuilles au vent frôlées,
Tout le poème des vallées,
Et tout l'hymne du firmament.

Gloire à lui car il est durable !
Sous lui, tombe, au tranchant ciseau
Des antans, le lys adorable,
Ou même le disert roseau.
La force survit à la grâce.
La rafale à la dent vorace

Ne peut entamer la cuirasse
Du colosse aux flancs résistants,
La cabale en vain se déchaîne,
Le jour au jour en vain s'enchaîne.
Rien ne peut ébranler le chêne,
Qui se rit de l'homme et du temps.

III

Il est toujours debout, généreux et superbe ;
Et sur lui tout un siècle a passé vainement,
Ce prodigue inlassé donne indéfiniment
Sa frondaison dernière ou sa « dernière gerbe.»

Et les peuples toujours reviennent, anxieux,
Consulter l'avenir qui dans son sein bourdonne,
Car ainsi qu'autrefois ses frères de Dodone,
Il sait lire pour l'homme au grand livre des cieux.

Un mage habite en lui, qui rend de sûrs oracles;
Dans sa pénombre loge un lumineux devin;
Et ce contemplateur n'observe pas en vain
Les diverses splendeurs, les nocturnes miracles.

Toute l'immensité de la création,
Se déroulant pour lui, comme une page ouverte,
Il regarde, accoudé sur sa fenêtre verte,
Éclore en bas la fleur, comme en haut le rayon.

Il pénètre surtout l'humaine conscience,
Et le marcheur Caïn de remords escorté ;
Il sait toute sagesse et toute vérité ;
L'arbre de poésie est l'arbre de science.

Mais de son ombre on peut approcher sans remords
Car ce n'est pas le vice ou le poison qu'il verse ;
Jamais les fleurs du mal à la senteur perverse
N'abritèrent en lui leur calice de mort.

Il est la vie, il est la sève ardente et claire,
Il a la robustesse autant que la beauté ;
Il sent battre et frémir, sous la rugosité
De sa virile écorce, une âme populaire.

IV

Laisse donc un moment tout un peuple s'asseoir,
O chêne paternel ! sous ton propice ombrage,
Et rends à son esprit allégresse et courage,
Car ce matin de siècle est sombre comme un soir ;

Car on tolère encor que l'opprimé pàtisse,
Dévoré par la guerre ou tué par la faim.
Le soleil d'équité va-t-il luire à la fin ?
O poète songeur ! apprends-nous la Justice.

Par ton vers qui portait la terreur et l'effroi,
Par ta fière satire, àpre flèche du Parthe,
Tu fis en t'exilant pâlir le Bonaparte :
O poète songeur ! enseigne-nous le Droit.

Mais tu fus le courroux vers les pitiés en marche,
Vers la *Pitié suprême* après les *Châtiments;*
Et tes derniers regards furent surtout cléments :
Tu devins pacifique, étant un patriarche.

Le logis de Bonté fut ton dernier séjour.
On entend aux parois de tes vers innombrables
Goutte à goutte tomber les pleurs des misérables;
O grand poète humain ! enseigne-nous l'Amour;

Et comme nos aïeux, dans cette vieille Gaule,
Quand ils avaient ravi du gui, du gui sacré,
La touffe crépitante au feuillage doré,
Reprenaient plus joyeux leur route avec leur rôle;

Nous, leurs fils, nous voulons te dépouiller encor,
O chêne ! et feuilletant, avec nos mains infimes,
La forêt de tes vers aussi doux que sublimes,
Cueillir de l'Idéal l'immortel rameau d'or.

AU POÈTE DU FOYER
ET DE L'ÉCOLE (1)

A Eugène Manuel.

I

En ce jour automnal qui fait s'effeuiller l'arbre,
Et rêver notre cœur au cher poète absent,
Si, pour mieux signaler ta mémoire au passant,
Nous posons sur ce mur cette plaque de marbre,

Cette plaque de marbre où ton nom est sculpté,
C'est qu'étant un hommage, elle est même un symbole.
Puisqu'artiste, en tes vers, et maître, en ta parole,
Tu sculptas tour à tour la claire vérité.

Dans ton printemps fleuri, sur tes fraîches tablettes,
De ton méticuleux et frissonnant pinceau,
Décrivant l'humble nid ou l'adoré berceau,
Tu gravais la tendresse en syllabes discrètes ;

Mais ton plus mâle été fit ton luth plus puissant.
Et quand aux sombres jours l'auguste et pâle France
Levait, sous un ciel noir sa face de souffrance,
Tu chantais la Patrie en syllabes de sang ;

---

1 *Revue des Poètes* du mois de Décembre 1901. — Cette poésie fut dite le 27 Octobre 1901, à l'inauguration de la plaque commémorative de la mort d'Eugène Manuel, à Passy.

Puis, rappelant à tous les vertus désapprises,
Et montrant l'avenir à la cité qui meurt,
Ton clairvoyant automne au geste de semeur
Formulait le Devoir en syllabes précises ;

Puis, vers l'astre du soir levant un regard sûr,
Réchauffant ton hiver à des cultes sublimes,
Et saluant Hugo, Pasteur, toutes les cimes,
Tu contais le Divin en syllabes d'azur.

II

Tu vécus donc ainsi, poète et philosophe.
Cigale par ton chant, abeille par ton miel,
·Et tu laissas, docile à l'ordre essentiel,
Se dérouler tes jours, rythmés comme une strophe ;

Mais surtout tu fus bon... et, par ton neuf labour,
Qui creusait à la Muse un sillon populaire,
Tu n'as pas fait germer l'âpre grain de colère,
Mais l'épi de justice et la moisson d'amour.

Et tandis qu'achevant sans bruit l'œuvre qui dure,
Tu cueillais le repos aux coteaux de Passy,
Avec tes compagnons, et ta compagne aussi,
Très loin du boulevard, très près de la verdure,

Ta sereine pensée habitait, au vallon
Des aèdes, le coin pacifique des sages.
Près d'une source pure, en de fins paysages,
Parmi les Théognis, les Alcman, les Solon,

Harmonieux cortège, aux mortels tutélaire
Et chéri des mortels, car notre humanité,
Eprise de lumière autant que de beauté,
Aime qui l'éblouit, mais surtout qui l'éclaire.

Mieux vaut guider toujours qu'un moment flamboyer,
D'autres lueurs ne sont que feux de paille folle...
Mais la tienne est vivace, ô gardien de l'Ecole,
Et la tienne est bénie, ô chantre du Foyer !

JEUNESSE ETERNELLE [1]

Au poète Achille PAYSANT, *pour fêter ses soixante ans.*

Oui, soixante printemps, mais non soixante hivers!
L'âge en rien n'a fané tes jeunes rêveries ;
Comme sur les pommiers des natales prairies,
C'est l'éternel Avril qui neige sur tes vers.

Ton esprit, frais vallon aux coteaux toujours verts,
Etale en reposoirs ses pelouses fleuries;
Ta douleur même croit, et veut que tu souries
A l'immense bonté de l'immense univers.

Ton œuvre est un cantique autant qu'une élégie:
Loin des fracas humains ton cœur se réfugie
« En Famille » d'abord, mais ensuite « vers Dieu »;

Et tu descends en vain le plateau des années,
Tes rimes, ces brebis d'azur enrubannées
Gravissent avec toi les plateaux du ciel bleu.

---

[1] *Revue des Poètes* du mois de novembre 1901.

— 223 —

PRÉLUDE [1]

Je sais que notre siècle est volontiers sceptique,
Qu'il rit tout bas des vers...et de ceux qui les font;
Qu'il accueille d'un mot froidement sarcastique
Tout sentiment exquis et tout culte profond.

Mais je sais bien aussi qu'il est parmi la foule,
Des êtres recueillis qui songent en marchant,
Et las du fait qui passe, et du temps qui s'écoule,
S'arrêtent quelquefois pour écouter un chant.

Eh bien ! c'est à ceux-là que mon livre s'adresse,
A ceux qui tendrement savent baiser la fleur
Où pleure un souvenir, où loge une caresse,
L'aimant pour son parfum plus que pour sa couleur;

Qui, remplis de pitié, penchent souvent la tête
Pour mieux entendre un cri du fond du cœur venu
Et cachant dans leur sein quelque douleur secrète,
Sanglotent au récit du mal qu'ils ont connu;

1 *Les Tendresses et les Cultes.*

Qui ne raillent jamais les blessures intimes,
Traînant aussi peut-être un chagrin lent et fier,
Et vivant le front pâle ainsi que des victimes
Atteintes en plein cœur d'un invisible fer;

Qui sentent que ce cœur est à jamais esclave
D'une femme innommée, et qui sans un regret,
S'ils entendaient tomber de sa bouche suave,
Cet ordre: «Meurs pour moi!» diraient tous: «Je suis prêt!»

Qui se plaisent le soir à contempler leur âme,
Où des regards d'amante ont jeté des rayons,
Où les baisers reçus, tout pareils à la flamme,
Ont laissé leur brûlure en d'immortels sillons;

Et qui n'ont jamais pu regarder en silence.
Ou bien le vaste ciel au dôme illimité
Ou bien la grande mer à la surface immense,
Sans songer à l'amour, cette autre immensité!...

Qui savent d'autre part à côté des tendresses
Nourrir dans leur poitrine un culte généreux,
Joindre les fiers élans aux plus douces ivresses
Et ce qui fait sublime à ce qui fait heureux;

Qui sont toujours vibrants quand passe sur le monde
Un frisson d'héroïsme, et toujours envahis
D'une admiration chaleureuse et féconde,
En face d'un grand homme ou bien d'un grand pays;

Qui devant l'Infini passant tête inclinée,
Adorent par instinct, honorent par raison,
— Vers Athènes et Sion l'âme souvent tournée —
Le Dieu de l'Evangile et le Dieu de Platon;

Qui devant la Justice et devant la Patrie
S'agenouillent toujours avec dévotion,
Et de la Liberté, l'éternelle meurtrie,
Ont éternellement la sainte passion;

Qui font brûler enfin, tendres et magnanimes,
Sur l'autel de leur cœur un double et noble feu,
Et mêlant aux amours les piétés sublimes,
Ont des chants pour la Femme et des hymnes pour Dieu.

PRÉLUDE [1]

—✳—

A. M. de Vogüe.

1

Ils m'ont dit : « Le poète est d'abord un artiste ;
« Il est le sertisseur des mots ; il peut tailler
« Un sonnet qui reluit ainsi qu'une améthyste ;
« Sait-il aimer ? qu'importe... il sait bien travailler.

« Comme avec son fleuret joue un maître d'escrime,
« Il joue avec sa plume, et, joli ciseleur,
« Il fait au bout du vers étinceler la rime
« Comme au bout d'une tige étincelle une fleur.

« Il passe dans la vie ainsi qu'un inutile ;
« Faire divinement des riens, voilà son lot ;
« Sur quelque beau papier il fabrique du style,
« Ainsi qu'un Japonais fabrique un bibelot.

« Il fait de l'art pour l'art ; gravement, il s'amuse
« A marier entre eux les sons et les couleurs ;
« Homme, il avait une âme ; il n'a plus qu'une muse
« Dont la sérénité veut ignorer les pleurs.

---

[1] La *Vie Silencieuse.*

« Que le chantre des Nuits et le chantre d'Elvire
« Mettent impunément des larmes dans leurs vers ;
« Passe encor; mais tout change. Autre époque, autre lyre;
« Nous sommes la médaille, ils étaient le revers.

« Les baisers trop profonds, les bouches trop aimées,
« Tout ce qui prit le cœur ne nous attendrit plus ;
« Avec les rimes d'or nous faisons nos camées ;
« Les pleurs sont donc pour nous diamants superflus.

« D'images et de mots faisons une ample gerbe ;
« Et soyons moins émus pour être plus adroits ;
« Du faîte dédaigneux d'un Parnasse superbe
« Laissons tomber nos vers magnifiques et froids. »

II

O large théorie, ô système sublime !
Et quoi ? la poésie au généreux essor,
Enchaînée à la Forme est restreinte à la Rime,
Ecrin de pacotille où manque le trésor !

La sœur de la souffrance et la mère des œuvres,
Descendue au métier et transformée en jeu,
Devenant sous les doigts d'impassibles manœuvres,
Quelque ode sans patrie ou quelque hymne sans dieu !

Le grand art inspiré qui sonnait fier et libre,
Pauvre aujourd'hui d'idée et veuf d'émotion,
Réduit au chant de flûte où rien d'humain ne vibre,
L'at sacré de Corneille, ô profanation !

Quoi? parce qu'en mes mains reste un semblant de lyre,
J'oublierais mon pays et mon temps, et jamais,
Citoyen sans élan, poète sans délire,
Je ne voudrais quitter mes paisibles sommets !

Parce que je m'appelle un disciple du rêve,
J'aurais le droit de faire un travail puéril,
Et, le front sérieux, de badiner sans trêve,
Loin des soucis féconds et du devoir viril!

J'irais comme un esclave où la rime me mène,
Le cœur toujours glacé, les yeux toujours sereins;
Et je m'avancerais dans la tempête humaine,
Le regard attaché sur mes jolis quatrains!

Comme si le rêveur, mort de sa rêverie,
Vivait hors de la vie et de l'humanité,
N'ayant plus dans son sein ton amour, ô Patrie,
N'ayant plus dans ses chants ton nom, ô Liberté!.

Comme si, dans notre âme éprise de tendresse,
Des larmes et des vers le fleuve était tari,
Et comme si l'amant, inassouvi d'ivresse,
Loin de l'amante, hélas ! ne jetait plus de cri !

Mais ce cri fut jeté par d'autres ! Que m'importe ?
A mon tour désolé, je le jette à mon tour ;
En est-il donc moins vrai, si le vent qui l'emporte
D'un autre cœur blessé l'emporta quelque jour ?

Est-il rien de plus vrai qu'une larme qui tombe !
— Un poète banal est un poète mort ! —
Je le sais, mais l'élan qui brisera sa tombe,
D'où peut-il lui venir ? de son âme d'abord.

Ecoute donc ton âme, et moque-toi du reste,
O poète, ô mon frère ! Interroge, à ton tour,
Ce souffle intérieur, cette flamme céleste
Où Dieu mit la pensée, et la Femme, l'amour.

III

« Ah ! frappe-toi le cœur, c'est là qu'est le génie ! »
Le mot est encor vrai, bien qu'il paraisse usé,
Et toujours la souffrance, urne amère et bénie,
Verse la poésie au flot inépuisé.

La source des beaux vers n'a pas changé... c'est l'âme.
En vain le fleuve intime est parfois desséché,
Pour qu'il jaillisse encor, c'est assez qu'une femme
De sa petite main t'ait brusquement touché !

Si ta mère et ton Dieu t'ont vraiment fait poète,
Il suffit : un regard, un parfum, un frisson,
Feront dans ta poitrine endormie et muette
S'éveiller tôt ou tard la sublime chanson.

Dis-nous donc ta chanson : poème, idylle ou drame ;
Dis-nous les mille voix qui peuplent ton cerveau,
Et, fuyant toute école au servile programme ;
Sois avant tout toi-même, et tu seras nouveau.

Parle-nous d'idéal, même après Lamartine,
D'amour après Musset, de gloire après Hugo ;
Reprends du genre humain la complainte divine,
Et de l'hymne éternel donne un nouvel écho.

Car l'air sera nouveau, si vieille est la romance ;
Pour rajeunir un fond, comme le monde, ancien,
Il suffit de ton cœur, qui toujours recommence
L'inachevé poème et toujours le fait sien.

Oui ! frappe-toi le cœur, c'est là qu'est le poëte.
Le droit trahi, l'honneur vendu, le mal vainqueur,
La force dominante et l'idée inquiète,
Tout cela, tout cela crie au fond de ton cœur.

Et c'est ton cœur aussi qui, doux aux misérables,
Se penche avec pitié sur la foule, et surprend
Le flot montant et sourd des plaintes innombrables
Que personne n'écoute et que nul ne comprend.

Avant d'être un artiste il convient d'être un homme
Ouvre ton âme au peuple, au lieu de la fermer;
Sois riche de tendresse, et de vers économe;
Tout vers n'a qu'une excuse: apprendre à mieux aimer.

Ouvre ton âme à tous. Comme l'arbre en sa feuille
Pour en faire des fleurs reçoit les eaux du ciel,
Silencieusement tends ta coupe, et recueille
Les larmes des humains pour en faire ton miel.

Et berce nos douleurs, berce nos maladies
Aux rythmes de ton chant évangélique et beau,
L'embaumant dans les pleurs et dans les mélodies,
Ce grand siècle assombri qui descend au tombeau.

    31 décembre 1891.

LE BANQUET DE L'IDÉAL [1]

A mes Collaborateurs de la *Revue Idéaliste*.

I

Je bois à l'Idéal, le chef de notre troupe,
L'ami sublime et doux qui nous a réunis,
L'échanson radieux qui verse en notre coupe
Le vin des fiers pensers, des rêves infinis !

Et je bois à tous ceux qu'il invite à sa table,
Aux compagnons lointains qui ne sont pas venus,
Mais désirent aussi son froment délectable,
Et nous sont fraternels sans nous être connus.

A ceux dont la pensée est notre commensale,
Et qui d'un haut amour dans l'humble foule ont faim,
Et sans être à cette heure en cette même salle,
Par l'esprit, avec nous, rompent le même pain.

Le mets de l'Idéal est leur, autant que nôtre,
Et cet amphitryon, au cœur large et fervent,
Unit dans ses festins l'artisan et l'apôtre,
Et, comme le poète, accueille le savant.

_____

(1) *La Route fraternelle.*

Car le savant lui-même est un idéaliste;
Et Newton ou Képler ne savaient pas en vain
Le nombre des soleils et des astres la liste,
Agrandissant ainsi l'empire du divin.

Pasteur scrutait l'atome et guérissait la terre ;
Mais devant le grand sphinx il courbait les genoux :
« D'un côté le certain, de l'autre le mystère, »
Disait-il humblement!... Il est donc avec nous.

Avec nous est aussi quiconque estime, espère,
Que le Ciel continue où la Terre finit,
Et qu'il est par-delà notre chétive sphère
Un lieu qui nous recueille, un Dieu qui nous unit;

Et qu'où meurt le réel, c'est le vrai qui commence,
Et que de toutes parts le cachot corporel,
Comme un îlot perdu dans une mer immense,
Baigne dans l'invisible et le surnaturel.

Avec nous les marins, — ô pensive flottille! —
Qui sur cet Océan s'embarquèrent un jour,
Rapportant pour butin à l'humaine famille,
Cette perle, Justice, et cette étoile, Amour;

Les hardis passagers dont la nef tint à gloire
De faire longue escale à l'extrême confin
De ce mystérieux et subtil promontoire
Où la matière expire au rivage divin.

Avec nous, avec nous les trouveurs de pensée,
Les éveilleurs d'idée au souffle généreux,
Dont l'âme magnifique et désintéressée
Pour les autres semaient sans moissonner pour eux ;

Avec nous..., ou plutôt, de ce banquet insigne,
Ils seront les élus, nous serons les servants ;
Qui de nous, du festin se croirait déjà digne ?...
Que les morts soient ici fêtés par les vivants.

II

Ah ! quels illustres morts tout rayonnants de vie,
D'Anaxagore à Kant, de Socrate à Chénier,
A cette table sainte où l'Idéal convie,
Reviennent devant nous ce soir communier !

Hormi les exclusifs, nous n'excluons personne ;
Quel que soit du convive ou l'habit ou la foi,
Il peut entrer, pourvu que son être frissonne
D'un pur enthousiasme et d'un sublime émoi.

Entre au banquet, Pascal, toi martyr de ton âme,
Toi, mort avant le temps, les yeux levés au Ciel,
Et les deux bras croisés sur ton grand cœur de flamme,
Où le doute et la foi menaient leur long duel.

Mais ne t'étonne pas, exalté catholique,
Si ton calme voisin n'est pas même chrétien :
C'est le juif d'Amsterdam sous sa maigre tunique,
Roulant son large rêve où tout l'univers tient.

Entre, Augustin d'Afrique, avec Platon d'Athènes,
Bâtisseurs différents de rivales cités ;
Mais tous deux regardiez du haut des tours hautaines,
S'avancer pas à pas d'autres humanités.

Tous deux, diversement éclaireurs de la route,
Pressentiez dans la nuit le jour qui revenait,
Et, quand fait le passé sa sombre banqueroute,
Sur les coteaux prochains le soleil qui renait.

Entre aussi, Marc-Aurèle! Avec toi magnanimes,
Ceux que tu fis martyrs aimeront à s'asseoir ;
A leur persécuteur pardonnent les victimes,
Car ton cœur était pur ainsi qu'un ostensoir.

De même que la leur, ta mission fut grande ;
Eux et toi poursuivant un inégal chemin,
Donniez pareillement votre vie en offrande,
Eux pour le Créateur, toi pour le genre humain.

Idéal ! Idéal ! C'est là ton doux génie ;
Entre ceux que la pourpre ou l'auréole a ceints,
Tu refais l'union, tu remets l'harmonie,
Et les sages, par toi, sont rapprochés des saints.

Seul, ton triclinium a la porte assez haute
Pour accueillir l'esclave avec l'imperator ;
Comme les Antonins, ne fut-il pas ton hôte,
Cet Epictète, au cou portant la chaine encor?

Près des penseurs, venez, ô groupe des poètes,
Car vous aviez au cœur le riche floréal
Des divines amours, et c'est pourquoi vous êtes
Le bouquet désigné d'un banquet idéal.

Prends la place d'honneur que chacun te concède,
Sublime Homère, et vois la terre te bénir ;
Le philosophe encor a des fleurs pour l'aède,
Mais c'est pour t'honorer, non plus pour te bannir.

Vieux Corneille, sieds-toi tout près du vieil Eschyle,
Car vous montrez tous deux l'idéal du devoir,
Et mets-toi, doux Racine, auprès du doux Virgile ;
L'idéal de l'amour, tous deux le faites voir.

De quel lac virginal, de quelle chaste rive
Descend vers nous ce cygne au sillage ondoyant?
Harmonieux passant, sur les flots il arrive :
Sa voix est d'un prophète et ses yeux d'un voyant.

C'est Lamartine.... et nul parmi les fils de l'homme,
Prodiguant doublement ses dons aux malheureux,
De l'or matériel ne fut moins économe,
Et de l'or de son cœur ne fut plus généreux.

Place à lui! mais aussi place à François d'Assise
Tendre au pauvre en haillons, à l'oiseau dans l'azur,
Rêvant d'une suave et séraphique Eglise
Qui n'aurait qu'un grand cœur et n'aurait pas de mur.

Place à Vincent de Paul, cet autre oiseleur d'âmes,
A saint Jean Bouche-d'Or, le moine Byzantin
Qui déployait son froc sur les cités infâmes
Et pour l'éternité cueillait le pur butin;

A tous les grands vaincus d'une cause idéale :
Colomb chassé des cours, ballotté sur les mers,
Jeanne d'Arc au bûcher, la chrétienne vestale,
Morus sur son gibet, Galilée en ses fers.

Et surtout place à toi, leur guide d'âge en âge,
Qui dirigeais leurs pas vers les chemins meilleurs
En disant : « Renoncez au terrestre partage ;
L'héritage est plus haut ; la maison est ailleurs. »

Toi qui te promenais dans les bourgs de Judée,
Vagabond pauvre en tout sauf en amour, semant
Sur l'avare terrain la merveilleuse Idée
Qui lèverait un jour en immortel froment.

O Roi de l'Idéal et Prince du symbole,
Toi qu'au nom de la *lettre* ils ont fait mourir, Toi
Qui greffais Ta vivante et douce parabole
Sur l'arbre desséché de la rigide loi ;

Daigne à notre banquet venir, Fils de Marie !
Maître, comme à Cana, change l'eau fade en vin,
Car la liqueur ardente est de nouveau tarie ;
Dans l'amphore des cœurs l'échanson puise en vain.

Reparais donc soudain au milieu des convives,
Et redis, partageant le pain avec le sel :
« La justice et l'amour sont les deux sources vives ;
En bas l'agape ; en haut, le Père universel. »

DIEU

LE RÊVE DE PHIDIAS [1]

A mon ami S. Rocheblave

I

Un sublime désir vient tourmenter sans trève
L'âme de Phidias, le bon sculpteur. Il rêve
Au milieu des mortels l'immortelle beauté ;
Il rêve la statue, ayant bâti le temple,
Et pour le Parthénon, que déjà l'œil contemple,
Il porte dans sa tête une divinité !

Il porte dans sa tête une Minerve encore :
Il cherche une rivale à celle qui décore
De Marathon, là-bas, les glorieux vallons,
Chef-d'œuvre fait de marbre et de patriotisme,
Trophée éternisant votre jour d'héroïsme,
O rayonnants vainqueurs du Mède aux cheveux longs !

Il désire, grande âme à jamais obsédée
Par le double souci de l'art et de l'idée,
Jeter en un métal de la terre venu
Une flamme divine à l'Olympe empruntée,
Et ravisseur superbe, et second Prométhée,
Voler au front des dieux un éclair inconnu ;

---

1 *La Vie silencieuse.*

Il a vu reparaître, ô songe qui le tente,
Le corps immaculé de la vierge éclatante ;
Infatigable artiste, il veut dresser encor,
De sa main créatrice et des dieux coutumière,
La royale Athéné, debout dans la lumière,
Avec ses yeux d'azur et sous le casque d'or.

Sculpteur et citoyen, il veut, sur l'Acropole,
De la force sereine élevant le symbole,
Faire surgir un jour la brillante Pallas,
Et mettre, dédaigneux de la force insensée,
En ses mains la Victoire, en ses yeux la Pensée.
Car il pense, étant fils de la sublime Hellas ;

Car il n'hésite pas, car il va droit à celle
Dont l'âme magnanime en ses traits étincelle,
Ayant cru jusqu'ici, le noble Athénien,
Que rejeter la vierge et la claire prunelle,
Pour la prostituée à la splendeur charnelle,
C'est bon pour un Pâris, le bouvier phrygien.

La beauté qu'un sourire éternellement dore,
Ce n'est pas Phidias qui la hait... il l'adore ;
Mais dans ce corps superbe il veut mettre un esprit
Afin que sa déesse, étant bravoure et grâce,
Reste encor séduisante, alors qu'elle sourit,

II

. . . .

III

O toi, fille de Zeus, mère de la Victoire,
Qui surgis grande et chaste en ta robe d'ivoire,
Et qui, levant ton front intrépide et brillant,
Apparais tout à coup dans ta fierté sereine,
Douce comme un rayon, belle comme une reine,
Douce aux yeux du rêveur, belle aux yeux du vaillant,

O Minerve, salut à toi !... Tu t'es dressée,
Et l'âme avec amour vers toi s'est élancée ;
Avec amour Hellas t'a souri, comprenant
Que tu lui ressemblais et que tu sortais d'elle,
Et qu'une fleur étrange, et pourtant naturelle,
Venait de se lever à son ciel rayonnant.

Dans ta virginité soudain tu te révèles,
Et désormais l'artiste, en ses œuvres nouvelles,
Pour s'inspirer de toi regarde au Parthénon ;
Ta beauté lumineuse éclate, et dans l'histoire
Se déroule à tes pieds tout un siècle de gloire,
Et c'est ton Périclès qui lui donne son nom !

Sous ta blanche pudeur et ta blanche tunique,
O vierge, avec orgueil, sur le monde hellénique,
Lève-toi... car demain d'autres vierges viendront,
Par la lyre et la danse et les chants amenées,
Aux grands jours solennels de tes Panathénées,
Devant ton front divin courber leur tendre front.

Lève-toi, car, après les chastes Théories,
Tu verras s'approcher les phalanges meurtries
Des héros, t'apportant et leur bras et leur cœur,
Ne te demandant rien, triomphante guerrière,
Que l'art de ne jamais retourner en arrière,
Et qu'un de ces deux lots : être mort ou vainqueur!

Et tu verras encor venir à ta colline
Les poètes pieux dont la tête s'incline
Devant Minerve, ainsi que devant Apollon,
Tous cueillant les beaux vers aux pans de ta chlamyde,
Le riant Agathon ou le pâle Euripide,
Tous, le masque à la main, le cothurne au talon.

Et tu verras aussi Thucydide au passage
S'arrêter, et, pensif, sur ton calme visage,
De l'histoire chercher l'impérissable loi;

O glóire ! tu verras, devant ta face auguste,
Platon, cet inspiré, Démosthène, ce juste...
Et Socrate mourir en regardant vers toi.
. . . .

V

Tu ne peux donc périr, ô toi qui viens de naître,
Et les peuples toujours, jaloux de te connaître,
Admireront ta forme en tes débris épars,
Implorant à la fois de ton ombre sacrée
La bravoure qui sauve et le talent qui crée,
O mère des hauts faits, ô mère des beaux-arts !
. . . .

La vois-tu s'avancer, ta fière caravane,
Malgré la borne aveugle ou le passant profane,
Vers le triple sommet du vrai, du bien, du beau,
A chaque lendemain plantant plus haut ses tentes,
Et portant, au soleil, en lettres éclatantes,
Le Spiritualisme inscrit sur son drapeau ?

O Reine, elle est à toi, cette pensive armée,
Qui s'en ira partout, de justice enflammée,
Pour toute noble cause, en tout humain sillon,
Répandre abondamment son sang avec son âme,
Et dont le glaive pur, étoile autant que lame,
Au redoutable éclair unira le rayon.

Ils sont à toi, tous ceux qui, vainqueurs magnanimes,
Frappent des ennemis et non pas des victimes...
Ton Ulysse était brave, il n'était pas cruel ;
Tous ceux qui, ballottés aux flots des aventures,
Garderont dans l'orage et par les nuits obscures
Leur esprit clairvoyant comme un phare éternel.

Ils sont encore à toi, sous tout ciel, en tout âge,
Ceux qui de Phidias conservent l'héritage,
Et dont l'élite rare en l'immense univers,
S'attachant, malgré tout, au goût pur qu'on renie,
Met la mesure exquise et la grâce infinie
Dans le rythme du marbre ou le rythme des vers.

Ils sont vraiment à toi, ces douloureux artistes
Qui s'arrêtent parfois, découragés et tristes
De ne pouvoir atteindre au sublime rêvé ;
Mais reprenant bientôt leur ivresse première,
Regardent ton beau corps d'où leur vient la lumière,
Et pénétrés d'amour se disent ; « J'ai trouvé. »

Enfin, elle est à toi, cette jeunesse ardente,
Qui, les palmes en main, s'en ira, débordante,
Du rêve à l'action, de l'école aux cités,

Fervente légion de futurs Télémaques,
Qu'ainsi que des vengeurs pour les saintes Ithaques
Dans l'étude et la paix Mentor a suscités.

Oh ! fais leur esprit large et leur âme aguerrie;
Si quelque autre barbare outrageait la patrie,
Qu'ils lui trouvent par toi quelque autre Marathon ;
Et, parant la vertu de l'idéal splendide,
Qu'ils veuillent, en tout temps, vivre comme Aristide,
Et sachent, quelquefois, rêver comme Platon.

C'est toi l'intelligente et c'est toi l'intrépide ;
Et, comme en un berceau, parfois, sous ton égide,
Un vainqueur se prépare, un Thémistocle éclot ;
Xerxès peut se ruer avec tout son empire
Sur le vaisseau natal... Pour sauver le navire,
Il suffit d'un rayon au front d'un matelot.

Lève-toi donc heureuse, ô déesse sublime !
Pour le monde et l'Hellas lève-toi sur ta cime,
Sans envier Vénus et sans craindre Junon ;
Brille sur ton sommet, ô front doux et sévère...
Je n'aperçois là-bas que le rouge Calvaire
Qui me semble plus haut que ton blanc Parthénon !

LE RÊVE DE JÉSUS [1]

A Maurice BOUCHOR

Il eut peur, quand il fut sur le sinistre bois!
Et défaillant, au Père il allait dire ; « Arrête!»
Mais, sous l'éclair d'un rêve illuminant sa tête,
Il vit d'un seul regard tous les temps à la fois.

Il vit tout le vieux monde, accourant sous la croix,
Boire au sang rédempteur qui découlait du faîte,
Et devant le martyr qui prouvait le prophète,
La Raison se courber en s'écriant: « Je crois!»

Il vit ces inconnus qu'enfantait son supplice,
Les fous du dévouement et les fous du cilice,
Tous, avec cette flamme au sein: la charité!

Et le héros, alors raffermi par son rêve,
Et songeant, dans la mort, à sa postérité
Inclina son doux front, et dit au Père : « Achève!»

---

1 *La Vie silencieuse.*

LES DEUX LIGNÉES [1]

A Monsieur et Madame A. DELZANT.

I

Et Jésus dit : « Remets ton épée au fourreau ;
Qui du glaive usera, périra par le glaive. »
Et le glaive pourtant a besogné sans trêve,
Et l'homme, tour à tour, fut victime ou bourreau.

Et Calvin, ce penseur, et Montluc, ce héros,
Des mêmes cruautés servent Rome ou Genève ;
Et le brouillard de sang qui, des autels, se lève,
De l'église ou du temple obscurcit les vitraux.

Le monde garde au flanc sa ceinture de haine,
Et d'anneaux en anneaux, meurtre à meurtre, la chaîne
Va du sombre hérétique au rouge inquisiteur ;

Et cependant qu'entre eux la guerre s'éternise,
O doux Maître incompris, ô Pacificateur,
Ton cœur, de siècle en siècle, au calvaire agonise.

· 1 *La Route fraternelle.*

II

Mais non, ô Rédempteur, tu n'es pas mort en vain !
Car les justes, depuis, sentent dans leur poitrine
Fructifier le pain de ta blanche doctrine,
Et leur sein fermenter sous ton généreux vin ;

Et, portant au méchant ton mot d'ordre divin,
Indulgent, inlassé, leur cortège chemine....
Ils parlent, et la joie enrichit la chaumine ;
Ils passent, et la paix fleurit l'âpre ravin ;

Et Mélanchton d'Augsbourg avec François d'Assise,
Sur le seuil fraternel d'une idéale Eglise,
Peuvent se rencontrer sans vouloir se bannir.

Car Toi, le fondateur de l'alme confrérie,
Tu leur as commandé de s'aimer, et d'unir
A l'homme de Sion l'homme de Samarie.

LE LAC DE GÉNÉSARETH [1]

A Madame M.-A. Lanusse

I

Lac si loin de nos yeux et si près de notre âme,
Le plus aimé, le plus sacré d'entre les lacs,
Vers ta sérénité toute l'angoisse clame
De notre nef plaintive aux chancelants tillacs.

Nous avons respiré l'haleine de tes plages
Dans l'Evangile, car il nous serait moins pur,
S'il n'avait pas baigné ses plus naïves pages
Dans la suavité fraîche de ton azur.

Nous avons reconnu dans ta candeur sereine
Un fraternel reflet de tes candides eaux,
Et dans ses deux secrets, la chanson riveraine
Que la brise, en passant, module en tes roseaux.

Jésus trouva l'idée, et tu fis la musique,
Composant tous les deux, sur un rythme touchant,
Toi, pacifique flot, et Lui, cœur pacifique,
L'inoubliable Livre à l'ineffable chant.

---

1 *La Route fraternelle.*

Et c'est pourquoi le Livre, en fidèle interprète,
Nous parlant de Jésus, nous parle aussi de toi ;
Et le musicien, près du divin poète,
Eut place en notre amour comme dans notre foi.

Nous revoyons tes eaux comprenant son sourire,
Et quand les vents du ciel te courrouçaient parfois,
Sa majesté tranquille aplanissant ton ire,
Et les pêcheurs tremblants rassurés à sa voix ;

Tes poissons, pour nourrir les pâles multitudes,
Aux mailles du filet retenus prisonniers,
Et, muets serviteurs de ses mansuétudes,
Constellant tout à coup les corbeilles d'osiers ;

Et sur tes riches bords la vie industrieuse,
Le gai Capharnaüm, la douce Magdala,
Et d'autres cités sœurs la couronne rieuse,
Fleurons dont ton écrin jadis étincela ;

Et, tendant sa corolle à ton eau cristalline,
Le lys des champs voisins, plus beau que Salomon,
Et, dévalant vers toi, la montagne ou colline,
Où le monde entendit le merveilleux Sermon !

Et le monde est depuis coutumier de tes ondes ;
Et ton lointain ovale avec ses fins contours,
Est tracé dans nos cœurs, intimes mappemondes...
Sans t'avoir jamais vu, je t'ai connu toujours.

O lac prédestiné — ta forme est d'une harpe —
Calice musical, innombrable chanteur,
Israël à son flanc te portait en écharpe
Pour qu'on y vînt jouer l'hymne annonciateur ;

Pour qu'un divin passant te jetant au passage
Toujours la même note : « Aimez-vous, aimez-vous ! »
L'avenir entendît à jamais le message
Répété sur tes flots inoublieux et doux ;

Lac qui donnas la vie et rénovas l'histoire ;
L'univers se mourait dans sa fange enlisé.
Tu fus le bain sauveur et purificatoire :
C'est Dieu qui l'a guéri, mais tu l'as baptisé.

Humble commencement de la source en voyage
Qui, s'ouvrant un rapide et débordant chemin,
Devait bientôt couvrir, sans borne et sans rivage,
De ses flots rajeunis tout le vieux genre humain ;

Humble mer d'où partit, monté par un pilote
Et les Douze, un esquif, navicule d'amour ;
— Mais l'ancienne flottille est aujourd'hui la flotte,
Et le fragile esquif du monde a fait le tour ! —

Pourquoi nous souris-tu d'une fraîcheur si neuve,
Et pourquoi n'est-il pas, sous le ciel vaste et pur,
D'océan magnifique et de superbe fleuve
Qui me semble aussi beau que ta coque d'azur ?

II

O les eaux, les eaux charmeresses !
Elles ont la couleur des cieux,
Et puis, les changeantes caresses
Des tendres yeux humains, des yeux !
Elles sont la splendide robe
Q'une main jeta sur le globe,
Ou le cadre ornant le tableau ;
Car Dieu, pour bordure à la grève,
Cherchant une teinte de rêve,
Inventa ce bleu qui fut l'eau.

O les eaux, les eaux créatrices,
Ces mères, malgré leurs récifs,
Merveilleuses institutrices
Des grands hommes aux fronts pensifs !

Combien de poèmes sublimes,
Jaillis du fond de leurs abîmes,
Aux cerveaux humains sont éclos!
Et combien de jeunes Moïses,
Songeant à des Terres Promises,
S'endormirent au bruit des flots!

Quelle cité du grand Homère
Fut le berceau? Ne cherchez pas,
Car c'est l'onde qui fut sa mère ;
Et de la naissance au trépas,
Il ramassa, le long des plages,
Des rêves ou des coquillages
Pour bâtir, féériques palais,
L'Iliade avec l'Odyssée,
Double architecture laissée
Par ce marin sur les galets.

Un tout petit golfe illumine
L'histoire entière de l'Hellas ;
Eteignez ce nom : Salamine !
Et dans la cité de Pallas
Du coup s'éteindrait une étoile.
Eschyle en sa tragique toile

Mit le sourire des flots bleus....
Et des frêles Océanides,
Vers le Titan aux fers rigides,
Montait le doux vol onduleux !

La fleur des eaux... c'est une Idée.
Le Cap Sunium vit, dit-on,
Sur la grève d'azur brodée,
La république de Platon,
Grandir, lumineuse et fragile.
Ton chalumeau d'or, ô Virgile,
Près du Mincio fut coupé ;
Et Lamartine n'est qu'un cygne
Qui vogue vers la gloire insigne,
Des eaux d'un lac encor trempé.

Et de Victor Hugo la lyre
Vibra-t-elle jamais autant
Que dans la tempête en délire
Sur son rocher, exil flottant?
Camoëns au fond d'une barque
Trouva son génie; et Pétrarque,
Pèlerin au cœur tourmenté,
A Vaucluse arrêtant sa course,
Cueillit sur les bords d'une source
La tige d'immortalité.

Théocrite est né dans une île,
Et son églogue a le reflet
Des mers riantes de Sicile ;
Et dans une île est né Shelley.
Vogue, ô britannique chaloupe,
Avec tes penseurs à la poupe
Et tes poètes sur le pont ;
Et quand pleure ou rit à la barre
Ton Shakespeare, divin barbare,
La terre en longs bravos réponds.

Paris lui-même est un navire
Eternellement ballotté,
Fier de doubler, sans qu'il chavire,
Tous les caps de la liberté,
Toujours battu par les orages,
Mais toujours vainqueur des naufrages ;
Et la Loire, amoureuse d'art,
Volait, nonchalante et jolie,
Le Primatice à l'Italie
Et souriait au vieux Ronsard.

Le Xanthe à l'aspect ridicule
Est connu de tout l'univers ;
C'est que ce fleuve miniscule
Roula moins de flots que de vers.

Sur le Rhône et sur la Garonne,
Troubadour, verdit ta couronne ;
Voyez le Tibre !... il est mesquin ;
Voyez son rôle... il est immense !
Et de héros il ensemence
L'austère sol républicain.

Sur les berges du Nouveau-Monde
Châteaubriand, songeur hautain,
Enrichit au souffle de l'onde
Son imaginatif butin,
Puis voulut dormir, sombre archange,
Au sein des sombres mers. Le Gange
Raconte aux brahmes accroupis
L'hymne Védique intarissable ;
Et le Nil fait jaillir du sable
Les grands sphinx près des grands épis.

III

Mais toutes ces eaux-là, toutes ces vastes urnes
Versant aux fils de Sem, de Cham ou de Japhet
Les inspirations claires ou taciturnes,
Ne sauraient te valoir, lac de Génésareth.

Amphores au grand col, où burent tant de lèvres,
Elles tentaient leur soif sans l'étancher jamais ;
Breuvages décevants pour les brûlantes fièvres,
Elles versaient un philtre... et tu verses la paix ;

Car l'amour égoïste ou l'orgueil éphémère
Au clavier de leurs flots ont tour à tour chanté ;
Mais sur toi, brise douce en cette vie amère,
Un souffle se leva d'immortelle bonté ;

Une fleur émergea de ton eau calme et lisse,
Pour tous épanouie, et non pour quelques-uns,
Mystique nénuphar au bienfaisant calice,
Emplissant l'univers de suaves parfums.

De ces larges cours d'eaux à la sonore grève,
Neuf Muses au front blanc sortirent tour à tour ;
Mais de tes flots obscurs une étoile se lève,
L'étoile d'Amour vrai, d'incomparable Amour.

Tu n'es qu'humilité quand ils n'étaient que gloire ;
Mais un immense espoir jaillit de tes roseaux,
Et dans ton pur bassin vient également boire
L'âme des nations ou le bec des oiseaux.

Leurs pêcheurs poursuivaient sous les fuyantes lames
La perle d'émeraude ou le poisson d'argent,
Mais aux tiens quelqu'un dit:« Soyez des pêcheurs d'âmes!»
Et Pierre demeura pensif ainsi que Jean.

Leurs matelots hissaient des pavillons superbes,
Mais n'entrevoyaient pas le port spirituel ;
Une barque sur toi glissait entre les herbes,
Lorsqu'une voix cria : « Nous cinglons vers le ciel. »

« En vérité, je vous le dis, c'est vers le Père
Qu'il nous faut désormais tourner le gouvernail !
C'est là qu'est la patrie et le point de repère,
Courage, mes brebis, nous allons au bercail !

« Courage, mes agneaux, dont la souffrance crie,
Vous tous, les mendiants, les boîteux, les lépreux,
La maison de mon père est une bergerie
Ouverte aux affamés ainsi qu'aux douloureux.

« Courage, pèlerins de l'humaine vallée ;
L'exil était amer, et les bagages lourds ;
Mais voici que ma nef, d'espérance étoilée,
Vous remmène au pays sur des eaux de velours.

« Voyageurs attablés dans la terrestre auberge,
Levez-vous, sans regret et sans funèbre adieu ;
J'ai vu luire, là-bas, un phare sur la berge ;
Et nous appareillons au royaume de Dieu. »

. Et la barque écoutait la neuve barcarole ;
Et de toute souffrance harmonieux berceurs,
Les doux mots, s'égrenant en quelque parabole,
S'en allaient de son âme aux multitudes sœurs ;

Les doux mots s'égrenant, hors de la nouvelle arche,
Prenaient leur vol aimant vers des milliers de maux,
Et portaient, tendre essaim de colombes en marche,
Aux quatre coins du ciel des milliers de rameaux.

IV

Arche où sont appelés tous les hommes; nacelle
Qui se remplit toujours et jamais ne chancelle,
Sur l'océan du monde Eglise universelle ! !

Et toi, lac, où flotta l'esquif galiléen,
Et qui réfléchissais, miroir marmoréen,
Le visage si beau du blond Nazaréen;

Toi qui vis l'âge d'or de l'ère évangélique,
Du sombre Golgotha le prélude idyllique;
Car le drame ne vint qu'après la bucolique;

O suave matin d'un midi si brûlant,
Qu'il dut te regretter, le martyr pantelant,
Sous les traits du soleil, archer étincelant,

Quand sur l'horrible croix de son sang arrosée,
Il cherchait vainement, pour sa lèvre embrasée,
Comme un suprême don, la goutte de rosée;

Et, lorsque se mourant, honni de tous, parmi
Le rire indifférent ou l'outrage ennemi,
Il se tournait vers toi, toi son premier ami!

Aussi tu m'es plus cher que le Calvaire même,
Car j'y vois le rachat, mais aussi l'anathème,
Et sur un peuple entier retomber son blasphème;

Car l'ombre lumineuse et douce du héros,
Ne saurait m'y cacher le spectre des bourreaux...
Mais nul forfait, ô lac, ne m'enlaidit tes eaux.

Nulle expiation ne planera fatale
Sur le calme vallon où ton sommeil s'étale.
Dors, car elle est en paix, ta couche orientale.

Sur ta robe d'azur pas de tache de sang ;
Dans tout ton horizon où le crime est absent,
Le cœur de Judas même est encore innocent.

L ac que n'a pas touché la déloyauté noire,
Source pure où toute âme en sûreté peut boire,
Inviolable coupe, immaculé ciboire,

O Saint-Graal trop lointain, puisque jamais, je croi,
Timide voyageur, je n'irai jusqu'à toi...
Sur l'aile de la brise, ô fraîcheur, viens à moi !

Oh ! viens rasséréner mon cœur mélancolique,
Et sur mon existence ou privée ou publique,
Mets de tes divins flots le rythme pacifique ;

Baigne ma conscience en ta limpidité ;
Et quand je descendrai vers la tombe emporté,
Donne-moi de mourir dans ta sérénité !

ÉPILOGUE [1]

Speravit anima mea.

La route est déjà longue où mes pas ont marché ;
Et j'ai souvent, hélas ! trébuché sur la route,
Et l'eau de mon baptême a fui goutte par goutte,
Et septante-sept fois j'ai péché, j'ai péché.

Mais la haine du moins n'aura jamais touché
Mon cœur ; et Celui qui nous voit et nous écoute,
Me sachant pitoyable, aura pitié sans doute,
A l'heure de ma mort, du moribond couché.

Je ne suis sûr de rien, hors de son indulgence ;
Et c'est le renier que croire à sa vengeance ;
Le vrai Dieu, le vrai Dieu, c'est le Dieu de bonté !

Pour mes frères en Lui, comme pour moi, j'espère
Qu'après le sombre exil, la cloche de clarté
Sonnera le retour dans la maison du Père.

---

[1] *La Route Fraternelle.*

Emile **TROLLIET** à vingt ans

*D'après un cliché obligeamment communiqué
par M. le Dr Boël*

DIRECTEUR DE LA CHRONIQUE D'ALLEVARD

L'AME D'UN RESIGNÉ

L'AME D'UN RÉSIGNÉ

Nuit de Noël 1889.

Ce soir j'achève ma trente-troisième année. C'est dans la nuit de Noël 1856 que je vins au monde. Ma mère, très pieuse femme, dut considérer comme un bonheur particulier et un rare privilège d'avoir un fils cette nuit-là. Aussi voulut-elle qu'on me donnât le nom d'Emmanuel. Elle savait des Saintes Ecritures que ce nom signifiait : « Dieu est avec nous »; et il lui semblait que les complaisances divines étaient bien sur sa maison, puisque la même nuit voyait le berceau de son enfant et le berceau de l'Enfant-Dieu. Pauvre mère ! Dès ce moment elle me voua sans doute à la vie chrétienne qui était, au regard de son ardente foi, toute la vie heureuse. Aujourd'hui qu'elle est morte, et que son âme, n'étant plus dans la prison et les ténèbres du corps, peut lire

NOTA. — Nous devons ce cliché et l'autorisation de le reproduire à la généreuse initiative de M. le Dr Boël, directeur de la *Chronique d'Allevard-les-Bains*.

clairement dans mon âme, me voit-elle heureux et me voit-elle chrétien ?

Oh ! la nuit de Noël ! Elle ne peut jamais revenir sans me ramener tout un cortège d'évangéliques et lointaines réminiscences ! Souvenirs de première enfance, vagues et blancs, comme les flocons de neige qui tombaient souvent ce soir-là, sur le chemin conduisant de la maison paternelle à l'église de mon village, car là-bas, au pied des Alpes, l'automne attiédi se prolonge plus d'une fois jusqu'à la fin de décembre, mais, brusquement, à la Noël, l'hiver arrive frileux, rigoureux, neigeux. Pourtant, malgré la neige, on n'aurait pas manqué pour un empire la messe de Minuit, et surtout les plus jeunes se promettaient comme une fête, et la promenade dans la nuit et la cérémonie sous les cierges d'or. Pour mieux se tenir éveillés, tous s'asseyaient rangés autour d'un bon feu, parents, enfants, domestiques, et l'on égayait les heures par quelque jeu en usage dans le pays pendant les longues soirées hivernales. C'était monotone sans doute, mais innocent et patriarcal, tout à fait en harmonie avec la paix et la candeur qui semblaient neiger cette nuit-là et sur le sol et sur les âmes.

Puis, quand se faisait entendre le son de la

cloche grave et assez mélancolique — car, je m'en souviens parfaitement, la cloche de mon village n'était pas argentine, elle était plutôt pensive et triste. Est-ce donc pour cela que le timbre de mon âme fut lui aussi toujours triste ? Et qui peut savoir au juste ce que font naître au cœur de l'enfant les premiers sons de l'église voisine, et quelle affinité mystérieuse se forme et se forge entre le métal de la cloche natale et le métal d'une âme chrétienne ? — tous se levaient, tous se dirigeaient du côté de l'église, avec une lanterne à la main, tous, excepté le père qui restait avec le chien, pour garder la maison. La mère allait prier, le père veillait le nid. Au retour, on réveillonnait, simplement, rustiquement. J'ai fait des réveillons plus somptueux, je n'en ai pas fait de meilleurs. Quelque chose de bienheureux et de pur planait sur le foyer. Après la communion de quelques-uns à la table sainte, c'était la communion de tous à la table de famille.... Souvenirs chauds et profonds ! La nuit de Noël n'a pas, ou n'a que peu de fleurs, mais elle a ses ressouvenances. Les fleurs sont dans l'âme. Et chaque année, à pareille heure, j'aime en respirer le parfum, pour moi d'autant plus cher et plus intime, que Noël qui est la fête de tous est encore ma

fête à moi, puisque, en ramenant l'anniversaire
d'une nativité divine, elle ramène aussi l'anniversaire de mon humble naissance.

C'est une fête pour moi, et c'est une date.
Elle m'apporte l'achèvement et le commencement
d'une année, et de même qu'elle m'invite à
regarder le passé, elle m'engage à prendre des
résolutions pour l'avenir. Cette année surtout
elle me semble importante et solennelle, elle
me semble fermer une ère de ma vie et en
ouvrir une autre. J'ai trente-trois ans, l'âge
du Christ. l'âge des fortes et chastes virilités.
J'ai trente-trois ans, l'âge qui, inaugurant la
maturité, paraît finir la jeunesse. Pour moi
surtout, elle est bien finie ! Lorsque, avec
attention et sans complaisance, je regarde en
mon être, qu'y vois-je ? Dans mon corps, des
parties atteintes ; dans mon cœur, des flammes
éteintes. Eteintes les illusions, éteintes les
passions, éteintes les amours ! Je les retrouverai
peut-être dans une autre planète, mais dans
celle-ci, jamais plus sans doute. Et pourtant,
je veux vivre encore, mais vivre autrement. Et
c'est pourquoi je commence ici un nouveau
journal de ma vie, car ce n'est pas le premier,
ni même le second, ni même le troisième.
J'eus de bonne heure cette habitude — ou folie

ou raison — de m'analyser et me raconter en secret. A seize ans, au Petit Séminaire, quand je me croyais une vocation sacerdotale, je commençai le *Journal d'un lévite*. A vingt ans, quand je me crus du génie, je commençai, comme un simple Alfred de Vigny, le *Journal d'un poète*. A vingt-six ans, quand je connus, non plus les amours, mais l'amour, j'écrivis le *Journal d'un amant*. Et celui-ci, comment faut-il le nommer? Je devrais l'appeler le *Journal d'un homme*. Mais il faut être sincère avec soi-même, et quand je me trouve si affaibli physiquement, si assagi moralement, quand, auprès de mon foyer où il y a des tisons, je sonde mon âme où il y a surtout des cendres, je ne trouve à ce nouvel écho ou reflet de mon existence qu'une appellation conforme à la vérité, c'est *Journal d'un résigné*.

. . . .

. . . . .A seize ans, j'eus ma première crise d'âme: elle fut cruelle. Depuis, j'ai connu les tourments d'amour, mais ils n'ont pas surpassé, tout en les rappelant, mes angoisses de dévotion. J'avais la terrible maladie du *scrupule*. Tous les péchés dont je connaissais à peine le nom sans connaître la chose, je croyais les avoir commis. Mes veilles de communion étaient pour moi de vraies agonies morales. Plusieurs fois dans la nuit, je me levais et courais réveiller mon confesseur afin qu'il purifiât mon âme et qu'elle fût un peu moins noire pour la blanche hostie. J'allais sans doute en devenir fou, quand mon directeur de conscience m'interdit la confession. Je ne fus pas rebelle. Mon appétit de sainteté fut vaincu par ma facilité à obéir. Et moi qui rêvais d'être prêtre et qui avais commencé mon *Journal d'un lévite*, je cessai de regarder en élu vers le Tabernacle. D'autres ont rompu âprement et complètement avec la religion, à la suite d'un doute métaphysique: moi, pas du tout; c'est à la suite d'une douleur et d'un ordre venus d'elle, que je me suis peu à peu détaché d'elle, de telle sorte qu'en l'abandonnant, je lui restais encore soumis et ami...........................

..................Nous avons tous, je crois, un idéal, un modèle intérieur de beauté. Tous les hommes portent au cœur un visage de femme rêvé: mon rêve à moi, c'est un visage pensif et harmonieux, et jamais comme ce soir je n'ai vu mon rêve se lever devant moi. Certes, la femme dont j'ai tant souffert a remué en moi, et dès le premier moment, tout l'univers sensible. Elle m'atteignit brusquement d'un coup de passion; elle attisait mon cœur et mes sens, mais sans jamais répondre à mon rêve. Dès mon premier regard (j'en ai le souvenir précis), j'eus l'impression qu'elle était de ces femmes qui torturent et qui altèrent, non de celles qui consolent et qui apaisent. Et, même au fort de mon ivresse, je ne me faisais aucune illusion. Je suis allé à la souffrance tête baissée, mais non inconsciemment et involontairement. Et toujours, près d'elle ou loin d'elle, je sentais en moi pleurer mon idéal déçu et inassouvi.

Au contraire, la femme qui venait d'entrer dans le salon de la comtesse m'apparut tout de suite, et à un degré étonnant, comme mon idéal en marche. Elle était harmonieuse. Celle-là, je le vis sur le champ, ne serait pas seulement une maîtresse séduisante, mais l'amante, la compagne, l'épouse. Elle avait dans les ténèbres de ses yeux tant de mélancolie, dans les lignes du sourire tant de douceur, et dans tout l'ensemble tant de charme épandu et fondu! Antithèse vivante de celle que j'avais aimée, elle n'avait pas l'éclat piquant et tout charnel : elle avait la beauté de la bonté, la beauté de la souffrance. Elle devait savoir la douleur, celle-là; donc, elle la respecterait.

Aussi, même avant de m'avoir regardé, elle semblait m'avoir compris. Un lien subtil, un lien d'âmes se tissait entre nous............

.................Littérateur, je continuerai à lire beaucoup. Je dois tant aux livres ; je dois tant à ce commerce assidu et solitaire avec les doux poètes ou les grands prosateurs ! Ces bouches muettes m'ont tout appris. De l'un m'est venu le culte de la vérité ; de l'autre le culte de la femme ; un troisième m'a donné le sens de la liberté et de la tolérance ; tous m'ont enseigné le respect de la dignité humaine. Leur âme a haussé mon âme d'un degré, et c'est grâce à eux surtout que mon passé, qui n'est pas exempt de faiblesses et même de chutes, est resté pur de toute bassesse et de toute laideur. Je les pratiquerai donc plus que jamais dans les longs soirs d'hiver, plutôt que de fréquenter les boulevards ou les cénacles. Au lieu d'errer inutilement à travers la ville, qui aux yeux de l'âme paraît souvent une nécropole, je voyagerai à travers la cité des grands morts, qui est vraiment la cité vivante et immortelle. Parmi ces morts, je choisirai les penseurs plutôt que les stylistes, les souffrants plutôt que les rieurs, les moralistes plutôt que les artistes. Et d'autre part, moi aussi, leur obscur disciple, dans tout ce que j'écrirai, vers ou prose, j'essayerai de mettre, avant tout, un peu d'âme. Dans l'art, je ne chercherai que l'expression du vrai et la préparation du bien. Jusqu'ici, j'ai fait de mes productions poétiques ou autres un reflet trop complaisamment personnel de mes émotions de cœur. L'amour fut à peu près mon unique inspirateur; je veux élargir et viriliser mon inspiration. Ce n'est pas assez de s'attendrir sur ses propres misères, il faut songer et compatir à celles des autres. Le vrai signe comme le vrai privilège du poète, n'est pas d'habiter en égoïste ou égotiste une tour d'ivoire au-dessus des autres hommes, c'est d'être capable de plonger plus que tous les autres en pleine souffrance et en pleine humanité.

Homme, je n'oublierai donc pas, même en écrivant, mes devoirs envers les autres hommes. La littérature serait la plus frivole des occupations, si cette occupation n'était, en réalité, une fonction. J'estime que tout écrivain est un fonctionnaire de l'idéal. Ce n'est pas le soldat de tel ou tel parti politique ou religieux, c'est l'interprète, le héraut des idées supérieures de justice et de tolérance trop souvent obscurcies par les préjugés et méconnues par les passions.

C'est là un rôle élevé et difficile, mais qui est accessible même aux plus humbles talents, pourvu qu'ils restent honnêtes et droits. Ce rôle, je tâcherai donc de mieux le remplir que par le passé. Le champ où je sème est bien obscur, bien étroit ; qu'importe, si la semence est d'essence divine ? Jette le bon grain là où tu pourras, il germera toujours quelque part. Sans doute, j'aurais rêvé de le jeter d'un geste plus auguste et plus lumineux, au soleil de la renommée, mais, à défaut de l'éclat, la noblesse du but suffit au résigné. Du reste, toute ma vie passée préparait en moi un semeur de tolérance et d'harmonie. Quiconque, par choix ou par nécessité, s'enferme dans une secte, dans une caste, dans un monde à l'exclusion de tous les autres, ne peut juger parce qu'il ne peut pas comparer. Moi, au contraire, j'ai pu, j'ai même dû traverser tous les mondes. Par ma naissance, j'appartenais à l'aristocratie de province, si respectable, mais si fermée à tout esprit moderne ; par mes goûts et ma pauvreté, j'ai été jeté soudain en plein centre intellectuel, audacieux, libéral. D'abord, j'ai vécu avec des prêtres, puis, j'ai vécu avec des libres-penseurs. Tantôt, je traversais le camp religieux et conservateur ; tantôt, le camp philosophique et

républicain ; et j'ai pu voir alors combien ils se
connaissaient mal et, par suite, se faisaient du mal.
De part et d'autre, il n'y avait presque que de
braves gens, mais qui souvent devenaient des
fanatiques et des sectaires, non par méchanceté,
mais par malentendu ; malentendu prolongé,
d'ailleurs, à dessein par tous les diffamateurs
de profession, tous les insulteurs de plume qui
vivent de la discorde, et s'en font à la fois une
réputation et des rentes. Et c'est tout cela, qui,
joint à mes déceptions ou souffrances personnelles, a fait de moi un triste et un résigné...

———————

.............Elle adorait, parmi les écrivains,
non les prétentieux, ni même les précieux, mais
les tendres, les simples, les profonds, les
grands, un Racine, un Fénelon, un Vauvenar-
gues, un Vigny, un Lamartine, ceux à qui l'on
peut demander, non de vaines syllabes, mais
une émotion de cœur ou une règle de vie.
Lamartine, surtout, était son favori. Etait-ce
son nom prédestiné de Laurence qui lui faisait
préférer le poète de *Jocelyn* ? Etait-ce la chasteté
d'Elvire, l'héroïne du *Lac*, qui plaisait à son
âme, cet autre lac si pur et si profond ? Et
n'était-ce pas aussi ce spiritualisme élevé et si
largement chrétien qui se dégage de toute

l'œuvre lamartinienne? Car, un autre trait de ressemblance était entre nous, et peut-être le principal, étant d'ordre religieux. On est bien près d'être d'accord sur tout le reste, quand on est d'accord sur le divin; et, plus souvent qu'on ne le croit, c'est la question du surnaturel qui fait entre un homme et une femme la véritable union ou la véritable barrière. Or, sa piété, toute fervente qu'elle fût, n'était pas étroite ni matérielle. Elle voyait dans l'Evangile, non des formules desséchées, mais de la poésie, de la vie et de l'humanité. Elle ne pensait pas qu'une pratique dévote pût dispenser du christianisme intérieur, ni qu'une audition à la messe ou au sermon pût donner droit à la malveillance de l'esprit et à la sécheresse du cœur. Elle allait à l'église, guidée non par la routine ou l'idolâtrie, mais par le sentiment, par un besoin de consolation, une nostalgie du ciel. On sentait si bien que, blessée dans sa fierté, trahie dans son amour peut-être, elle avait dû, aux jours de détresse, se tourner implorante et confiante vers le Douloureux et le Miséricordieux......

...........« Le bien ce sera précisément de réparer. Le bien, pour les littérateurs, ce sera de faire un acte de contrition public. Un jour, bientôt, demain peut-être, il se formera un groupe d'écrivains qui aura assez d'intelligence et de courage pour dire ouvertement: Nous nous sommes trompés. Depuis un demi-siècle, la littérature s'est trompée. Tandis que la science faisait banqueroute, l'art faisait fausse route. L'amour, l'honneur, la justice, tous les sentiments les plus doux et les plus nobles, nous avons contribué à les dénaturer dans l'âme française et contemporaine, car nous les avons dirigés dans le sens passionnel et païen, non dans le sens humain et chrétien. Au nom de l'amour, nous avons, dans nos romans, rendu sympathiques la sensation, la luxure, l'hystérie même; au nom de l'honneur, nous avons sur nos théâtres appelé bravoure et crânerie ce qui était bravade ou barbarie, et décoré du nom de jalousie ou de vendetta le hideux amour-propre ou la brutale soif du sang; enfin, malgré l'esprit de justice, nous avons tous les jours dans la Presse combattu pour l'esprit de parti. Il faut réparer. Tous les préjugés d'ordre intime ou d'ordre social, qui naissent déjà trop facilement de l'instinct et de l'intérêt, il faut les attaquer et les saper jour à jour. Et quand les corsaires du journalisme crieront: « Mort aux Jésuites! » ou bien; « Mort aux

Juifs! » agiteront tour à tour le spectre noir ou le spectre rouge, et dresseront l'Eglise contre la Franc-Maçonnerie ou la Franc-Maçonnerie contre l'Eglise, nous dirons : Plus de vieilles rancunes et de vieilles haines, plus de ces insultes et de ces diffamations qui vont semant la discorde pour récolter peut-être un jour la guerre civile ou la guerre religieuse, plus de ces classifications surannées qui, de tout temps, d'ailleurs, furent trop absolues et ne répondirent jamais à la vérité, car de tout temps il y eut des catholiques qui eurent l'âme juive et des juifs qui eurent l'âme chrétienne. Supprimons toutes ces petites chapelles qui nous empêchent de voir la grande cité divine. Harmonie entre tous les cœurs droits et paix à toutes les âmes de bonne volonté.

— Mais cela, c'est l'Evangile ! s'écrièrent à la fois Buissonnet et l'abbé.

— Et quand les pédants des écoles et les initiés des cénacles regarderont de haut la foule des ignorants et des humbles, nous dirons que l'intelligence vaut moins que la bonté, que le brillant académicien qui chaque année compose et prononce le Prix de vertu vaut moins que les obscurs héros de charité et de dévouement qu'il énumère, et que ceux-ci même, par cela qu'ils sont couronnés, valent moins que ceux qui, ayant égal mérite, n'obtiennent pas égale couronne. Dans l'antiquité, au même siècle, à la même époque, peut-être le même jour, l'illustre Horace rêvait à des vers immortels sur la voie appienne ou la voie sacrée, tandis que là-bas, dans la Judée, sur le chemin de Jéricho, un pauvre homme de Samarie secourait un plus misérable que lui : or, du Samaritain ou du Romain, lequel était le plus grand? C'est le Samaritain.

— Mais de plus en plus c'est l'Evangile! cria de nouveau l'abbé.

— Sans doute, l'Evangile! eh! qui dit le contraire? Mais si la lettre de l'Evangile est encore un peu connue, l'esprit en est assez oublié pour qu'on le rappelle aux Gentils, et même aux fidèles. Et tandis que vous répandrez la bonne parole dans les temples, nous la répandrons à travers le monde. Nous ne voulons pas vous remplacer ni même vous suppléer, mais vous compléter. Vous parlerez au nom de la révélation écrite, nous parlerons au nom de la révélation intérieure. Et notre voix sera peut-être plus écoutée, justement parce que, n'ayant rien de dogmatique et de professionnel, elle paraîtra plus libérale et plus désintéressée.

Et d'autre part, puisque c'est la littérature qui en partie a fait le mal, c'est à elle à le réparer. Et c'est justement parce qu'elle a perverti le sens moral chez tant de lecteurs, qu'elle doit avoir plus que jamais le souci jaloux de la beauté morale ; et c'est parce qu'elle fut frivole, égoïste, inhumaine, parce qu'elle a déifié les péchés et même les crimes, surtout les crimes passionnels, parce qu'elle a dit un jour : « Tue-le ! » ou bien : « Tue-la ! » qu'elle doit dire : « Pardonne ! »

———————

.... 1er Août.

Toute cette semaine, nouvel assaut de mon mal chronique, de ma bronchite latente, car cette fille de l'hiver ne craint pas de m'assiéger brusquement même au fort de l'été. Souvent la température n'y est pour rien : le seul coupable, c'est mon pauvre corps débile, ou plutôt débilité. Il me semble, en effet, que dans ma première jeunesse, j'avais une constitution plus solide : elle a été atteinte et ruinée peu à peu par la vie sédentaire que j'ai toujours menée, cette vie intellectuelle, méditative et sentimentale qui est peut-être excellente pour la culture de l'âme mais qui est funeste, je le vois bien, à la santé du corps. J'ai toujours été craintif et

paresseux en face des exercices physiques :
mais aujourd'hui je regrette fort de n'avoir pas
surmonté cette crainte et vaincu cette paresse.
C'est bien d'être un idéaliste, mais le véritable
idéal, n'est-ce pas de développer harmonieuse-
ment toutes ses forces physiques et morales?
Les anciens l'avaient bien compris, et je le comprends moi aussi. Seulement si je suis un Grec
et un Romain d'éducation, je suis d'instinct et de
tempérament un chrétien ; j'ai toujours tant
aimé l'âme et les choses de l'âme que malgré
moi j'ai toujours un peu méprisé le corps. En
tout, du reste, je suis ainsi. Dans les arts, en
peinture comme en poésie, je ne goûte vraiment
que l'expression. La beauté plastique me laissant
froid le plus souvent, je ne me passionne
que pour les dessous frémissants ou les au-delà
sublimes; et à la Vénus de Milo ou à l'Apollon
du Belvédère, je préfère de beaucoup un regard
extatique de sainte, entrevu au passage sur le
porche d'une cathédrale. Au Louvre, dans la
salle des Rubens, tout cet amas de chairs, si
éclatant qu'il puisse être, me répugne et
m'écœure, tandis que la salle des Primitifs me
ravit et me désaltère.

Tout de même l'âpre et robuste Dauphiné
a produit en moi un bien frêle enfant ! Enfin,

je vais le revoir dans quelques jours, ce cher pays lointain : l'atmosphère vivifiante des montagnes natales achèvera de me guérir... pour cette fois... Dans deux jours, Buissonnet ayant ses vacances, sa petite nichée et moi, nous reprenons ensemble notre vol vers le clocher de Seyssinet.

———————

.... Les Alpes ! elles sont là devant moi, à tous les points de l'horizon ; et en cette après-midi ensoleillée et lumineuse, tandis que Buissonnet est à Grenoble pour faire des visites universitaires et que ma sœur dans l'intérieur de la maison s'occupe de son fils, moi, sous la petite tonnelle, je contemple les grandes Alpes. En face de moi, voici l'immense chaîne de Belledonne avec ses anneaux noirs de pins et ses arêtes blanches de neige ; un peu à droite, voici la cime de Chanrousse surmontée d'une croix, et voici la cime de Taillefer qui par-dessus les collines vassales regarde bondir deux torrents jumeaux, cette sœur, la Romanche, et ce frère, le Drac ; et puis, sur la gauche, l'imposant massif de la Grande-Chartreuse, avec ses bosses qui ressemblent à des fronts casqués, avec ses crêtes qui figurent des pointes dressées, et tout son ensemble tourmenté qui a l'air d'un champ de bataille des Titans. C'est peut-être là que chassés de la Grèce par les Olympiens, ils ont lutté dans un duel suprême et ont connu leur Waterloo !

Et si mon regard descend des monts jusqu'aux vallées, j'aperçois l'Isère qui arrive pressée des monts de la Savoie, et se déroule serpentante à travers le Graisivaudan. Mais cette couleuvre, loin d'être une meurtrière, est une nourricière: elle n'a pas de venin ; elle n'a qu'un limon, le plus riche de France. Parallèlement à elle, je vois venir un train qui avance tournoyant et et rapide comme elle, ou plutôt, je ne vois pas le train, mais je le devine à son panache de vapeur. Et cette errante fumée ne me gâte pas du tout le paysage. Je ne trouve nullement que le passage de l'industrie enlaidisse la nature. Je ne suis pas de ces poètes qui regrettent les cahoteuses diligences et maudissent les chemins de fer vertigineux. Ces wagons qui roulent sont un produit de l'intelligence humaine, et sont remplis de passions humaines. Toutes les fois que passe un train, c'est de l'humanité qui passe. Il faut être bien aveuglé par les préjugés et les lieux communs pour ne pas voir qu'il y a une féconde et mystérieuse harmonie entre ces trois grandes sœurs : la nature, la poésie, la science.

Mais où vont la noire rivière et la blanche fumée? Elles vont à Grenoble, la métropole dauphinoise, la ville forte, disent les guides, et pour une fois les guides n'ont pas dénaturé ou exagéré le vrai, car j'aperçois là-bas des casernes et des bastilles qui grimpent sur la montagne, et avec une telle impétuosité d'escalade que l'une d'elles s'est dressée au sommet du Saint-Eynard, à 1400 mètres. Elle est bien gardée, et méritait de l'être, la terre qui vit naître Bayard, ce Bayard qui a justement sa statue au pied de cette église Saint-André qui frappe mes regards. Et puis, voilà l'église Saint-Bruno qui, elle aussi, parle d'un chevalier et d'un vainqueur, car Bruno en fondant sa Thébaïde alpestre, fit aussi une conquête, celle de la montagne et celle de l'inconnu, et là où fut le désert, il planta le drapeau de la foi et de la civilisation.

Et tout cela, paysages et souvenirs, nature et histoire, le présent et le passé, tout cela et bien d'autres évocations se lèvent à ma vue et à ma pensée, dès que je regarde de cette tonnelle le plus mesquin des pavillons, mais le plus merveilleux des balcons... Chut! j'entends les

pas légers de ma sœur, qui, ayant endormi l'enfant, revient vers le frère. Tais-toi et ferme-toi, mon manuscrit, car, si intéressant que soit ton bavardage, ô mon compagnon, voici une compagne qui vaut mieux que toi...........
....

Dimanche, 10 Août.

Ce matin, nous sommes allés tous en famille entendre la messe à l'église du village. Et cela m'émeut toujours doucement de rentrer dans cette église où je fus baptisé, où je reçus, au seuil de cette vie de péchés et de douleurs, l'eau de purification et de bénédiction. A Paris, il m'arrive souvent, par tiédeur ou incroyance, de manquer la messe : ici, si je la manquais une seule fois, je ne croirais pas commettre un péché, mais j'aurais du chagrin. Je serais triste de ne pas accompagner les miens à la Maison du Père de famille, et de ne pas m'unir d'intention aux habitants du pays que je connais tous et qui tous me connaissent ; car le village, n'est-ce pas la famille agrandie, prolongée ? Ailleurs, lorsque j'entre dans une église, je sens autour de moi des indifférents, des étrangers, et cela me refroidit, me laisse ou me jette en un état d'âme qui n'est pas chrétien. Alors, pourquoi y aller, et comment y prier? Mais ici, je reconnais des frères et je me souviens de la divine promesse: « Toutes les fois que vous serez assemblés en mon nom, je serai au milieu de vous ». Celui qui a dit cela, n'est pas au milieu de ces mondains qui, dans les villes, vont à la messe d'une heure avec de brillantes toilettes et de méchantes langues, car ce n'est pas « en son nom » qu'ils sont venus, c'est par routine ou par vanité. Mais il me semble que Lui qui fut pauvre et douloureux descend volontiers parmi ces humbles travailleurs qui apportent ensemble leurs prières et leurs misères, brebis routinières elles aussi, mais tout de même chères au Pasteur, parce qu'elles sont fidèles et parce qu'elles sont lasses.

Et c'est pourquoi j'aime chaque dimanche à entrer dans ce bercail. Et je trouve cela très doux qu'eux et moi, si éloignés par nos occupations et encore plus par nos préoccupations, nous soyons rapprochés soudainement par un même sentiment, non de foi, du moins de confiance et d'espérance. Non de foi, car probablement je ne crois pas ou je ne crois plus à ce qu'ils croient; mais, tout en prenant des routes différentes, nos désirs tendent au même but, au même ciel. Il varie le point de départ de toutes ces invocations qui, à la même heure, s'échappent de la terre, mais le point d'arrivée ne varie pas. Toutes les prières vont à leur adresse, pourvu qu'elles ne soient pas des formules ou des calculs. Au regard de Dieu, toutes les grosses différences d'ici-bas, qui trop souvent nous semblent séparer les âmes des justes, se fondant en nuances et en harmonie.

C'est dans ces pensées que j'assiste à la messe. Je ne la suis jamais dans un livre, car le livre, au lieu de soutenir en moi la méditation spirituelle, la dessèche, et la lettre écrite me fait alors l'effet de la lettre morte. Seuls, les Evangiles me sont toujours vivants, et dès que ma réflexion intérieure se fatigue ou se dissipe, je la rattrape et la réchauffe en parcourant l'une après l'autre les saintes paraboles. Je feuillette les pages de dimanche en dimanche, je saute tout ce qui n'a pas été prononcé directement par Jésus et, laissant le prêtre suivre sa route accoutumée et circonscrite d'avance, je m'attache avide et altéré aux pas errants du pèlerin de Galilée, lui qui, des bords du Jourdain au mont des Oliviers, a répandu sur les âmes la bienfaisante et immortelle rosée. Et cette rosée est divine sans doute, mais ce qui me frappe, c'est combien elle est humaine, profondément humaine. Le Christ nous parle des rapports de l'homme avec Dieu ; mais plus souvent encore il nous apprend comment l'homme doit vivre avec l'homme. Au bord des lacs, au seuil des cités, à la cime du Calvaire, toujours il enseigne par l'exemple ou la parole, le pardon des injures, l'amour du prochain, le dévouement aux malheureux ou la sainte pitié, le respect du droit des autres ou la sainte justice. J'admets qu'on croie en lui parce qu'il est le faiseur de miracles, mais ce que j'adore surtout en lui c'est le fondateur de la vie fraternelle. De son amour et de son sang il a trempé le vieux monde endurci, et le monde a été transfiguré. L'ancienne loi juive disait : « OEil pour œil et dent pour dent » ; il a dit : « Tends l'autre joue, ou, du moins, tends la main ». Socrate disait : « Ecartons la femme, elle est inférieure » ; il a dit : « Mère, voici ton fils, et fils, voici ta mère ». Les stoïciens disaient : « Ecartons le peuple en guenilles » ; il a dit : « Bienheureux ceux qui sont pauvres » !

Et c'est justement au milieu des pauvres que je lis tout cela ; et ma lecture va bien avec le cadre ; et regardant alors mes voisins, je me sens plus près d'eux ; et la contagion de la piété va de leur âme à mon âme, et les prières qui commencent sur leurs lèvres s'achèvent parfois sur les miennes. Ouvriers des champs, ouvriers de l'idée, nous nous rencontrons pour une heure dans la vigne du Seigneur. Nous venons cueillir la foi ou du moins la paix. Après toute une semaine de vie matérielle ou intellectuelle, nous avons faim de surnaturel ou du moins de repos. Et, en effet, quelques-uns dorment, harassés sous le labeur d'hier et le souci de demain ; mais Dieu n'est pas scandalisé de les voir sommeiller devant lui, car il comprend tout et met tout en balance, et sa maison de prière est aussi la maison du repos.

ÉPILOGUE
(C'est la sœur du résigné qui parle).

. . . . Le jeudi, dans l'après-dînée, il faisait par hasard un beau soleil et un temps attiédi, et mon frère paraissait lui-même vêtu de lumière, comme si la santé et la vie lui revenaient.,. « Ouvre la fenêtre, me dit-il, et apporte-moi ton fils. » Et comme je paraissais un peu étonnée : « Je veux lui faire mes adieux sous ces derniers rayons de soleil. Demain j'irai sans doute plus mal, et le temps aussi. La nature et moi, nous serons affreux. Et si ton fils me voyait alors, des souvenirs de laideur assombriraient trop tôt son âme matinale. Il ne le faut pas. » J'allai chercher mon fils. Mon frère le caressa de la main, écarta ses boucles, et, l'embrassant: « Chère aurore, dit-il, douce à mon crépuscule et à celui du soleil, puisse ta journée être plus longue, plus heureuse et plus efficace que la mienne! » Depuis, mon fils n'a pas revu mon frère. Mais sur le front de l'enfant est imprimé pour jamais le baiser du poète.

Elle ne fut pas bonne la nuit qui suivit ce jour ensoleillé. Le malade, secoué par la toux, altéré par la fièvre, baigné de sueurs froides, n'eut pas une minute de repos. Mon mari et moi, nous avions l'âme déchirée de le voir tant souffrir. Il souffrit tant cette nuit-là, que, le lendemain, il nous apparut sombre, lointain, renfermé en lui-même, lui qui durant toute sa maladie avait été si ouvert, si affable, si associé à toutes nos pensées. Il se taisait des heures entières. Ce n'est pas qu'il eût perdu la parole, car il répondait lorsqu'on l'interrogeait, mais tout de suite il retombait dans son silence obstiné et comme désespéré.

Je songeai alors au divin Consolateur; et sur le soir je demandai à mon frère s'il voulait bien communier le lendemain matin.. Il me répondit: « Si cela vous fait plaisir! » Et un moment après, il ajouta: « Nous nous unirons tous de cœur dans cette cérémonie en commémoration de Celui qui fut le plus beau et le plus juste des enfants de la femme, et qui fonda par sa mort le règne de l'amour et du sacrifice. »

Le samedi matin, le Crucifié rendit visite au Résigné ; ce qui fut pour celui-ci un suprême honneur et une suprême douceur. Vers 11 heures, le prêtre revint et donna l'Extrême-Onction à mon frère qui s'affaiblissait de plus en plus. Sa respiration devenait haletante ; sa langue s'embarrassait. Une heure après environ, il me dit : « Petite sœur, je ne serai plus là demain, sur ce lit, dans ce corps, mais j'habiterai en toi. » Ce fut sa dernière parole. Vers 3 heures, l'agonie commença. Heureusement, elle ne fut pas terrible. Ce pauvre corps était si débile qu'il n'avait même plus la force de résister et rendait l'âme sans combat. Vers 5 heures, pour se conformer au désir que le mourant nous avait plus d'une fois manifesté, mon mari lut tout haut les vers de la *Mort de Socrate* ; quand il eut fini, je lus les prières des agonisants ; et quand nous eûmes fini, comme le dernier rayon du jour expirait à la fenêtre, mon frère expira. Et ce fut la nuit dans la chambre, et la nuit dans nos âmes.

« Petite sœur, je ne serai plus là demain, sur ce lit, dans ce corps, mais j'habiterai en toi. » Ces mots seront désormais ma force et ma lumière. Ils m'ont relevée le jour des obsèques, où j'ai voulu aller jusqu'au cimetière, jusqu'au tombeau de famille, car c'était à la sœur de remettre le frère à notre père et à notre mère. Ils m'ont soutenue toute cette semaine où cette demeure m'a paru si vide, et me soutiendront demain quand nous reprendrons sans lui cette route de Paris que nous fîmes si souvent avec lui.

Mais avant de quitter ce logis où il est mort, j'ai voulu remplir ses dernières volontés, et j'ai lu le *Journal d'un Résigné*. Alors j'ai compris tout ce que mon frère avait dû souffrir, et que ces souffrances même l'avaient conduit peu à peu à la maladie inguérissable et à la mort inévitable. Autant de pages intimes, autant de muettes douleurs. Mais l'amertume se fond continuellement en douceur. Et les dernières lignes du manuscrit, comme les dernières paroles du mourant, ne sont que tendresse et sérénité.

O cher silencieux, qui fus encore plus aimant et plus grand que tu ne fus douloureux, désormais je te porterai en mon âme comme en un sanctuaire; et mon mari vivra en ta pensée; et mon fils grandira en ton culte; et sur notre maison pour jamais en deuil rayonnera pourtant quelque chose d'infiniment doux et d'infiniment pur: le souvenir du « Résigné ».

LA PAIX DANS LA NATION

ET ENTRE LES NATIONS

(EXTRAITS)

LA PAIX DANS LA NATION
ET ENTRE LES NATIONS

———

(EXTRAITS)

I

LA PAIX DANS LA NATION

Se comprendre : ce serait le rêve, mais c'est moins que jamais la réalité. On ne se comprend plus ; c'est le grand mal, la grande tristesse. Le patron n'est plus compris de l'ouvrier, le maître n'est plus compris du domestique, et, ce qui est plus douloureux encore, le mari n'est plus compris de la femme, le père n'est plus compris des enfants. C'est un malentendu universel dans la société et dans la famille, entre les classes comme entre les âges et entre les sexes. On cherche à créer une langue internationale de peuple à peuple : on a raison ; mais on devrait d'abord créer une même langue sentimentale et sociale d'individu à individu. Quand donc les esprits et les cœurs parleront-ils le même langage ?

Nous employons bien les mêmes mots, mais en leur donnant des sens tout à faits différents,

de telle sorte que les mots qui ont pour rôle de propager l'entente et la sympathie entre les hommes, deviennent ainsi les premiers messagers de la haine...................................
....
.... S'il est des mots qui sont des favoris, il en est d'autres qui sont des réprouvés. Ils sont honnis tour à tour dans tel ou tel camp, Ainsi, le mot *charité* ne peut plus être prononcé dans un monde de libres penseurs. Ils ne lui pardonnent pas son caractère évangélique. Ils ne veulent pas se souvenir que l'Evangile a toujours discerné entre la charité et l'aumône, entre le don du cœur et le don de la main. Ils ne veulent pas reconnaître que la charité, loin d'être l'antithèse de la justice et de la solidarité, en est, au contraire, l'élément essentiel, le fondement obligatoire. On n'édifiera pas une cité de justice sans le ciment d'amour ; on ne construira pas une charpente de solidarité sans des assises de sympathie et de fraternité...
....
Si dans certains milieux on signale la banqueroute de la charité, dans certains autres on proclame la « banqueroute de la science ». En répétant cette seconde formule, on exagère la pensée d'un vigoureux écrivain qui a lui-même

l'esprit trop scientifique pour vouloir rabaisser la science : il n'a voulu rabaisser que l'orgueil de certains savants. Quant à la science, elle n'est atteinte ni par la vanité de ceux qui l'exploitent, ni par l'hostilité ou l'ironie de ceux qui l'attaquent.

Elle est la chose bonne et belle, et c'est à tort quelle est raillée par beaucoup de mondains qui ont la foi sans la morale, et redoutée par beaucoup de superstitieux qui ont la foi sans la raison. Or, la foi sans la morale n'est qu'hypocrisie et mensonge. de même que la foi sans la raison n'est qu'erreur et fanatisme. L'esprit religieux et l'esprit scientifique sont faits pour se concilier et se compléter, non pour s'exclure. En vain l'on dira : « l'Evangile proclame la loi d'amour, tandis que la science montre partout le triomphe de la force. » Ainsi parlent les petits savants, mais les grands disent le contraire. Je citerai Pasteur : « Je crois invinciblement que la science et la paix triompheront de l'ignorance et de la guerre. » Je citerai Berthelot : « La haine entre les hommes, peuples et individus, est née de l'igorance et de l'égoïsme ; or, la science s'efforce sans relâche de les diminuer. parce qu'elle n'appartient ni à une personnalité privée, ni à une nation particulière. Elle enseigne que la véritable loi des intérêts humains n'est pas une loi de lutte, mais une loi d'amour. »

Donc, le christianisme peut s'entendre avec la science, et j'ajoute : doit s'entendre. En dehors de cette concorde ou de ce concordat tacite dans les esprits, ce n'est qu'hostilités et inimitiés dans la société....................
....
.... « Il y a quelque chose à faire. » C'est là le point qui sépare des observateurs impuissants les hommes d'action et de dévouement. Les uns et les autres voient le mal, mais alors que les premiers le proclament inhérent à l'humanité et répètent sans cesse : « Tant que les hommes seront des hommes, ils se haïront et se battront, » les seconds disent au contraire : « Ils se battront tant qu'ils cesseront d'être hommes. Se faire la guerre n'est pas rentrer dans l'humanité, c'est en sortir. Obéir à l'instinct, c'est obéir à la brute qui est en nous, mais n'est pas nous. Le premier acte où se reconnaît l'homme, c'est un effort pour se libérer de la brute. »

Libération difficile, certes, libération qui demande autant de vaillance que de patience. Mais dans « bonne volonté », il y a volonté.

Les pacifiques ne sont pas forcément des tièdes et des indolents. Ils ont la vraie et fervente énergie qui n'est pas du tout la violence. Trop souvent on confond l'une et l'autre ; trop souvent nos plus distingués « professeurs d'énergie, » n'ont enseigné surtout que la culture de la sensation immédiate, impérieuse, et n'ont ainsi préparé que le triomphe des hommes de proie. Nos virtuoses et nos dilettantes ont mal dissimulé leur admiration pour les types monstrueux et somptueux du vice et du crime, pour les Néron et les Borgia, pour tous ceux qui ont avivé chez l'humanité le goût « du sang, de la volupté et de la mort. » OEuvre de mort en effet : l'œuvre de vie consiste à subordonner les appétits à la raison, la bête à l'âme, le fauve à l'homme. Il faut nous pacifier, avant et afin de pacifier les autres :

« Rentre en toi-même Octave, et cesse de te plaindre, »

étouffe la colère dans ton cœur pour achever la paix dans Rome.

Donc la pacification sociale a pour commencement et fondement la pacification morale au dedans de chacun de nous. (1) Rétablir l'ordre

---

(1) Voir sur ce point, *De l'Union dans la société française*, très-beau livre, — livre de pénétration autant que d'actualité, — de M. Crouslé, professeur en Sorbonne.

et l'harmonie en soi : ensuite et par suite autour de soi. Et par la lumière d'abord. Puisque la première cause de désaccord tient, nous l'avons vu, aux malentendus et aux préjugés, dissipons préjugés et malentendus. On a fait de l'ombre, faisons de la clarté.

Or, dans chaque village de France j'aperçois deux maisons de clarté ; l'une s'appelle l'église, et l'autre s'appelle l'école, deux sœurs voisines dont on a voulu faire hélas ! deux sœurs ennemies. Pourquoi ?... Pourquoi d'une part l'instituteur se défierait-il du curé ? La religion pour l'éducateur n'est-elle pas une mystérieuse collaboratrice ? Il a pour fonction d'éclairer les jeunes esprits, elle a pour mission d'élever les jeunes âmes. Il apprend aux petits enfants l'alphabet de la patrie terrestre, elle leur enseigne l'alphabet de la patrie spirituelle et surnaturelle. Et si les maîtres d'école ne veulent pas m'écouter, peut-être écouteront-ils celui qui chez eux fait autorité et s'exprime ainsi dans les lignes suivantes :

« La religion.... m'interdit de croire que je suis seul au monde, ce qui serait une erreur, ou de croire que je sais tout, ce qui en serait une autre, ou encore de croire que tout est parfaitement clair, ce qui serait la pire de toutes. Faire ces réserves au nom de l'inconnu qui nous déborde, nous imposer par moments la vision de l'invisible et comme un premier pressentiment du concert universel des choses, nous obliger de nous ressouvenir qu'au-delà de la famille, de la cité, de la patrie, de l'humanité, de la terre, de notre système solaire il reste le monde tout entier, l'ensemble des mondes, ce n'est certainement pas nous apporter les éléments d'une science positive, mais c'est nous marquer les limites de la nôtre, c'est nous faire accomplir l'acte humain par excellence, le seul, a-t-on pu dire avec raison, qui soit inaccessible à l'animal, car l'animal ne peut sortir du cercle de l'expérience immédiate, ni par la sensation, ni par la mémoire, ni par le raisonnement, ni par aucun de ces modes d'activité ; nous en sortons, nous, non pas, certes, assez pour connaître cet au-delà qui, par définition, est inconnaissable, mais assez pour savoir qu'il est.... Une fenêtre ouverte sur l'infini ne nous fait pas posséder l'infini, mais elle nous fait échapper à la prison du fini. »

Cette page est extraite d'un livre qui est intitulé *La Religion, la Morale et la Science*, et qui a pour auteur M. Ferdinand Buisson. Les instituteurs traiteront-ils M. Buisson de clérical ?

Cette « fenêtre ouverte sur l'infini », c'est le clocher du village ; et par ce clocher à jour filtre sur tous les humbles un peu de lumière supérieure.

Et d'autre part, pourquoi le clocher regarderait-il avec défiance le préau d'école ? Pourquoi le curé ne se rapprocherait-il pas spontanément, franchement, chrétiennement, de l'instituteur ? C'est au prêtre à faire les premiers pas puisqu'il représente le Dieu de paix. La maison de Dieu doit s'intéresser aux maisons d'école : que, dans la construction des nouvelles maisons d'écoles, on ait çà et là dépassé la mesure et forcé la dépense, qu'on ait grevé pour un certain temps le budget des communes et le budget de l'Etat, soit ; mais, de toutes les dettes contractées par le pays, celle-là est certainement la moins blâmable, étant faite une fois pour toutes, et d'ailleurs répondant à un besoin légitime et presque sacré. N'est-il pas juste, en effet, et n'est-il pas beau qu'il y ait dans chaque village une demeure hospitalière où les petits enfants puissent s'abriter et s'assembler pour s'instruire, une demeure confortable, où ces fils de paysans et d'ouvriers, qui ne grandissent que trop dans la laideur, puissent prendre le goût, non du brillant, mais de la propreté,

une demeure claire et aérée, où ces balbutiantes lèvres puissent se façonner aux claires et douces syllabes de France ? Pour moi je vois toujours avec un sentiment de satisfaction s'édifier une église à côté d'une école, ou une école à côté d'une église, et près de l'enceinte où l'on apprend l'Evangile, ce verbe d'amour, une enceinte où l'on puisse apprendre la langue française, ce verbe de lumière...............
. . . .

Contre les préjugés, il faut l'œuvre de lumière, mais contre la haine, il faut l'œuvre d'amour : c'est la seconde tâche des hommes de bonne volonté, et qui d'ailleurs accompagne sans cesse la première, et la vivifie. Sans relâche, à la défiance, à l'envie, à la calomnie, à l'antipathie, il faut opposer l'esprit de concorde. Cet esprit ne supprime pas certes toutes les difficultés, mais il les aplanit et les adoucit. Avec lui, quel changement heureux dans toutes les relations de la vie ! — Dans les relations domestiques. Il y aurait moins de mauvais ménages s'il y avait un peu plus de concessions réciproques entre le mari et la femme. Ce qu'on appelle incompatibilité d'humeur n'est souvent que le manque de bonté chez l'un ou l'autre, parfois chez tous les deux, le manque de cette bonté qui continue l'amour, ou le prépare, ou le supplée. — Dans les relations sociales. La sympathie appelle la sympathie, et la défiance au contraire provoque la défiance. Vous vous plaignez d'avoir des domestiques ou des ouvriers susceptibles et ombrageux. Mais leur avez-vous témoigné vous-même assez de confiance et d'estime ? N'avez-vous pas fermé à double tour la porte de vos antichambres, de vos chambres, et, ce qui est pire, la porte de votre cœur ? — Dans les relations civiques. Voulez-vous élever le peuple en vous élevant avec lui ? Traitez-le non en brute ni même en enfant, mais en personne majeure, en personne morale. La foule méprise et suit celui qui flatte ses passions basses, mais elle honore et suit aussi celui qui s'adresse à ses passions généreuses. La démocratie est ce qu'on la fait : sous les « mauvais bergers », les bergers aux appétits de loups, elle devient une ménagerie de fauves, mais avec des guides éclairés, désintéressés, dévoués, elle peut devenir la « cité des consciences » selon le beau mot de M. Henry Michel (*La doctrine politique de la démocratie*, page 42.) — Dans les relations économiques. Ici même cet esprit a son rôle salutaire. Même dans les affaires il y a place pour le sentiment. La guerre des classes

stérilise l'industrie ; l'entente des classes la
féconde, et cette formule : « la lutte pour la
vie », est beaucoup moins habile que cette
autre formule ; « l'Union pour la vie ».........
....

Ainsi, mutualité dans la vie économique,
fraternité dans la vie publique, bonté dans la
vie privée : telle est la règle. Ce serait la loi
d'amour substituée à la loi d'airain... aux lois
d'airain, car elles existent encore dans le code,
et le code lui aussi doit être réformé. Notre
législation devrait être à la fois moins fantai-
siste et plus douce. Les mailles en sont tantôt
trop serrées, tantôt trop lâches, retenant un
indigent affamé qui vole un pain, et laissant
échapper une riche bourgeoise qui escroque
des centaines de millions. Il faudrait plus de
justice dans la légalité, car tant que l'injustice
réside dans les lois, la révolte persiste dans les
âmes. Il faudrait pénétrer notre code, non de
l'esprit latin qui est formalité et dureté mais de
l'esprit chrétien qui est simplicité et bonté. Il
faudrait le simplifier et l'humaniser, et commencer par y effacer la tache rouge qu'y laisse
encore la peine de mort.

Mais il est temps de conclure. L'âme humaine est pareille à ce terrain dont parle l'Evan-

gile, terrain pierreux, broussailleux, épineux. Les pierres y sont apportées et roulées par les continuels malentendus de mots : ôtons les pierres. Les broussailles y sont épaissies par les préjugés confus et touffus ; éloignons les préjugés. Les épines y sont affinées et aiguisées sans cesse par les haines ; coupons les épines et, dans ce sol ainsi libéré et purifié, jetons le bon grain, le grain de vérité, de justice et d'amour. Tôt ou tard, il lèvera.

LA PAIX ENTRE LES NATIONS

Les causes d'amour sont des causes ferventes. Une fois qu'on s'est mis à soutenir la cause pacifique, on ne s'arrête pas à mi-chemin, et l'on devient un prosélyte de la paix entre les peuples comme entre les citoyens. Et d'ailleurs, je sais bien que là encore je serai désapprouvé par les violents des deux partis, et que des deux côtés ma thèse ou moi, nous recevrons des coups. C'est le sort de tous ceux qui veulent séparer les combattants, ce qui n'empêche pas ces conciliateurs entêtés de recommencer à la première occasion. S'ils n'obéissaient qu'à leurs intérêts ils pourraient se tenir tranquilles, mais ils obéissent à leur conscience et à leur cœur. Il faut donc pardonner à leur douce folie.

Je vais parler pour la Patrie et contre la Guerre. C'est dire que j'aurai pour adversaires, dans le camp des pacifiques, ceux qui font bon marché de la patrie, et dans le camp des patriotes, ceux qui croient à la beauté de la guerre et à l'impossibilité de la paix.........

.... Les « sans-patrie » se décorent en vain du nom de « pacifiques » : ils seraient les premiers à compromettre la paix. Ils sont d'autant plus redoutables que ce sont des ennemis dans la place, d'autant plus criminels qu'ils s'emparent d'une idée généreuse pour la rendre dangereuse. Ils ne comprennent pas ou ne veulent pas comprendre que la patrie et la famille sont précisément les deux colonnes de ce temple de l'humanité qu'ils prétendent construire, et qu'abattre une de ces deux colonnes ou toutes les deux, c'est ébranler ou renverser le temple entier. Et ce serait la ruine qui redeviendrait chaos. Tandis que la brute a une tanière et des déserts, mais n'a ni foyer ni pays, l'homme seul, architecte sublime, a bâti sa maison, édifié sa patrie, ou si vous voulez, il a monté à ces degrés succesifs : famille, patrie, humanité, mais les trois échelons, loin de se détruire dans l'ascension se soutiennent et se fortifient l'un par l'autre.............

....

Qui songe à rabaisser nos héros militaires ? Mais n'est-il pas d'autres héros moins vantés, et j'ose dire aussi réels et plus bienfaisants ?

N'est-ce pas un héros le médecin qui, pour sauver ses semblables de la mort, s'inocule un virus mortel, le marin qui jette sa barque dans la tempête pour arracher une autre barque à l'abîme, le passant qui a le courage d'arrêter un cheval emporté ou de tuer un chien enragé ? Il y aura des héros, tant qu'il y aura des luttes ; et la mort, la matière, l'animalité, provoquent sans cesse à la lutte. Au lieu de combattre l'homme, que l'homme combatte donc tous ces fléaux naturels : de toutes parts autour de lui surgissent des occasions d'héroïsme.........

....

....................La conclusion de tout cela n'est donc pas que la paix définitive est assurée (il y a encore de par le monde trop de rancunes en présence et trop d'intérêts en lutte !) mais qu'en premier lieu elle est désirable, et qu'en second lieu elle est faisable : désirable, puisqu'elle laisserait debout les patries, les drapeaux et les vertus héroïques, faisable puisque, avec la constitution du tribunal permanent d'arbitrage, l'instrument de pacification est enfin trouvé, puisque de plus en plus les peuples se prononcent pour son fonctionnement et contre la guerre, puisque désormais les gouvernements devront compter avec l'opinion publique qui est en train de gouverner le monde. Au seuil du XIXᵉ siècle on fit la « Sainte-Alliance des rois » pour faire la guerre à la France et à la propagande française ; au seuil du XXᵉ siècle la France républicaine doit contribuer à faire la Sainte-Alliance des peuples pour ne plus faire la guerre.

L'arche de Noé, l'arche de l'humanité sent toujours gronder la tempête autour d'elle et en elle. Elle menace de sombrer sous les colères extérieures et intérieures, sous l'assaut des flots qui la battent et des fauves qui l'habitent.... car tous les fauves de l'univers ont en elle un représentant. Voici le lion, c'est-à-dire la violence ; voici le tigre, c'est-à-dire la haine ; voici le reptile, c'est-à-dire la ruse ; voici le vautour, c'est-à-dire la piraterie ; seule la colombe, c'est-à-dire la blanche paix est encore absente. Depuis longtemps, depuis bien longtemps, lasse de la ménagerie, elle s'est élancée par la fenêtre ouverte et n'a pas reparu. Mais attendez et scrutez l'horizon du regard. Ne semble-t-il pas que là-bas, là-bas, bien loin encore, pointent des ailes argentées ? Elle se confond presque encore avec le ciel et l'eau, la douce et vaillante messagère ; elle avance pourtant, elle avance malgré les dangers, et les obstacles ; elle arrive, elle arrive portée par quelque immense amour.... et demain ou après demain, en dépit des vagues, en dépit des doutes, en dépit des haines, elle s'abattra dans l'arche, ayant au bec le rameau d'olivier.

CORRESPONDANCE

LETTRES

D'ÉMILE TROLLIET A SA SŒUR

~~~~~~

MA CHÈRE PETITE SŒUR,

Ce soir, j'ai senti le besoin de venir causer
avec toi. Je me suis dit que dormant sans
doute à cette heure dans ta blanche couchette,
tu rêvais peut-être à moi, tu te figurais peut-
être que ton frère était à tes côtés, corrigeant
tes devoirs, ou bien te lisant la *Fille Maudite*,
ou bien encore jouant aux boules ou aux cartes
avec sa Minette ; et sans doute tes lèvres roses
doivent sourire de ce doux songe. Mais hélas !
ce n'est qu'un rêve. Ton Emile est bien loin
de toi maintenant : 600 kilomètres nous sépa-
rent. Mais qu'importe ! nos pensées franchissent
la distance et se croisent dans la nuit, nos
pensées «divins oiseaux du cœur». Voilà pourquoi
je me suis souvenu de toi ce soir, voilà pourquoi
je t'envoie un bonjour amical à travers l'espace,
et pourquoi je t'adresse aussi quelques conseils
fraternels. Travaille bien, ma chère enfant ; tu
n'es pas forte pour le calcul et l'orthographe ;
étudie spécialement ces deux parties. Avant de

savoir le piano, il faut connaître l'orthographe; le nécessaire doit passer avant le superflu, l'utile avant le beau. Certes, ce n'est pas moi qui médirai du beau, moi que les beaux-arts ont toujours passionné. Je veux au contraire que tu apprennes le piano l'année prochaine, et tu l'apprendras si tu es bien studieuse cette année.

Qui sait? Nous sommes peut-être destinés à vivre ensemble plus tard, un certain temps du moins. Eh bien! quand nous serons seuls et tristes le soir, songeant à nos parents morts ou à nos frère et sœur absents, à ceux qui ne seront plus ou à ceux qui seront loin, nous verserons notre mélancolie toi dans tes chants, moi dans mes vers : tu seras la musique et je serai la poésie.

En attendant, ma petite, je te prie d'être bien sage, de bien travailler, de songer souvent à ton frère et de prier quelquefois pour lui. Dis un *Souvenez-vous* pour moi tous les soirs : j'en dis un pour toi. C'est un moyen de nous souvenir l'un de l'autre. Je t'embrasse de tout mon cœur.

EMILE TROLLIET.

Châtellerault, Boulevard Blossac, 11.

Laval le 25 Juin 1884.

Ma chère Mignonne,

Je viens de lire un chapitre de Fénelon sur
l'éducation des filles, et j'ai pensé à toi. Tu sais
bien ce que c'est que Fénelon : c'est un des plus
grands et des plus pieux évêques du XVIIᵉ siècle,
qui fut le précepteur du jeune duc de Bour-
gogne, qui a écrit le *Télémaque*, roman moral,
dont tu as peut-être entendu parler ; des fables
que tu as peut-être lues, car elles sont aussi
belles en prose que les fables de La Fontaine
le sont en vers ; et puis un livre intitulé :
l'*Education des Filles*, où il traite de l'instruction
et de l'enseignement moral qu'on doit donner
aux jeunes personnes. C'est un ouvrage exquis
et délicat, et tes maîtresses doivent certainement
le connaître. Il renferme des pages très belles
sur le moyen de cultiver cette tendre fleur qu'on
appelle l'âme d'une jeune fille ; de former
l'enfant à son rôle de chrétienne à travers le
monde ; de la préparer à sa mission d'épouse et
de mère. Ce saint évêque connaissait bien le
cœur : âme féminine, il savait apprécier l'âme
si nuancée, si nerveuse, si sensible des femmes ;
il savait allier la fermeté à la douceur toutes
les fois qu'il s'adressait à ces êtres si impres-

sionnables et si frêles qui sont maintenant des jeunes filles et qui seront plus tard ou de jeunes vierges au fond d'un couvent, ou de jeunes femmes au sein d'une naissante famille.

Et voilà pourquoi j'ai songé à toi en lisant ce volume de Fénelon ; j'ai pensé à ton avenir; je me suis dit que de ton éducation et de tes études d'aujourd'hui dépendrait en grande partie ton bonheur de demain ; que le travail et les qualités de l'enfant amèneraient la joie et les vertus de la femme, et prenant du papier je suis venu te dire de loin, te répéter encore : sois sage et travaille ; profite bien du temps qui t'est donné ; présente ton âme comme un champ bien préparé à la parole de vérité qui, pareille à une semence, tombe chaque jour sur toi. Et puis songe à ton grand frère qui songe souvent à sa petite sœur, et chaque soir avant de t'endormir envoie-lui un dernier baiser dans ta dernière prière. Je t'en fais passer un maintenant bien tendre et bien affectueux.

Ton frère EMILE.

Laval, le 6 mai 1884.

Ma chère petite Sœur,

Aujourd'hui *6 Mai*. Cette date me rappelle ta naissance, et j'en profite pour venir de nouveau te souhaiter un heureux avenir. Car c'est à partir de maintenant que tu vas vraiment entrer dans la vie.

Quand on est encore dans l'enfance, on vit plutôt de la vie du corps que de la vie de l'esprit. Les sentiments sont superficiels, les émotions sont passagères; les idées sont frivoles : on joue plutôt qu'on ne pense ; on s'agite plutôt qu'on n'agit. Au contraire quand vient l'âge de 15, 16, 17 ans, quand l'enfance s'en va pour faire place à la jeunesse, la fillette disparaît et la jeune fille naît à l'existence.

C'est alors que viennent dans l'esprit *les pensées sérieuses*, c'est alors que le cœur commence à éprouver les *joies fortes* et les *souffrances profondes*; c'est alors que *la volonté* doit prendre les résolutions *nobles* et SAINTES. La vie tout entière dépend souvent de cette entrée dans la jeunesse. C'est la beauté de l'adolescence qui fait la beauté de l'existence. Ah ! puisses-tu, ma chère enfant, être *sage*, VERTUEUSE HEUREUSE. Si je te parle ici gravement, ce n'est pas pour le plaisir de te citer des maximes, c'est parce que je t'aime, c'est parce que j'aime *ton âme*, c'est parce que je voudrais que tu fusses vraiment une *femme*: Il en est tant par le monde qui ont l'air d'être des femmes et ne sont que de sottes poupées. Elles n'ont ni esprit, ni âme, ni amour du beau et du grand; leurs cervelles sont vides, et leur cœur ne sait pas vibrer sous les nobles sentiments. Oh! ne leur ressemble pas. Tu souffriras peut-être de ne pas leur ressembler hélas! les *natures élevées sont celles qui souffrent le plus, mais aussi tu auras des bonheurs plus saints et plus purs.*

Un de ces bonheurs, crois-moi, ce sera de faire aux autres quelque bien : l'ambition trompe souvent, le plaisir trompe toujours, l'amour lui même laisse parfois dans le cœur de cruelles blessures; seule, la bonté adoucit et console. Le sourire de celui qu'on oblige vous fait oublier vos larmes amères. Fais sourire les autres, ma sœur, et tu souriras à ton tour.

Adieu, ma chère mignonne, je t'embrasse avec une tendresse infinie.

ÉMILE TROLLIET.

MA SŒUR SI CHÈRE,

J'ai peur d'avoir été un peu trop raide dans ma dernière lettre, et c'est pour cela que je t'écris avant d'avoir reçu ta réponse. Pardonnemoi ! j'ai peut-être blessé tes pures intentions, ta tendre piété ; je touche de plus près au monde que toi, et voilà pourquoi je suis moins bon. Ma main rencontre tous les jours des mains humaines, et voilà pourquoi elle ne sait pas toucher avec délicatesse à ces fleurs divines de religion et d'amour de Dieu, qui se lèvent dans le cœur des jeunes filles, sous le toit silencieux des couvents.

Lorsque tu m'as annoncé ton désir de retourner au May l'année prochaine, j'ai craint de te voir enlevée à nous. à moi qui t'aime tant, et qui, n'étant pas marié, n'ai personne de plus chéri que toi. Je n'ai d'abord écouté que ma tendresse, tendresse profonde, mais égoïste. De là ma lettre, qui semblait te détourner du couvent avec quelque amertume. Je regrette cette amertume, je regrette les conseils, sages peut-être mais trop sévères de forme, que je me rappelle t'avoir donnés. — Des conseils ! je devrais bien plutôt en recevoir qu'en donner. Eh quoi ! tu m'ouvres pieusement ton cœur pieux, tendrement ton âme tendre ; tu me fais part avec simplicité et franchise de toutes tes craintes en face du monde qui t'attend, et moi je te réponds brutalement : « Tu as tort de craindre, tu as tort de te plaindre ! » Pauvre mignonne, plains-toi à moi tant que tu voudras ; conte-moi toutes tes petites misères, qui sont parfois de grandes souffrances, et quant à ce que tu feras l'année prochaine, remettons-nous à la volonté de Dieu. S'il te laisse au milieu de nous, je l'en remercierai, car il me semble que n'étant plus pensionnaire, tu seras plus à moi. Si au contraire il t'inspire le goût de retourner à ta solitude pieuse, que sa volonté soit faite.

L'important, vois-tu, c'est que nous nous aimions bien l'un l'autre. Moi qui ai déjà beaucoup souffert par le cœur, j'ai besoin d'être consolé par une âme plus jeune, plus naïve, plus fraîche que la mienne, Et toi qui vas entrer dans la saison des sentiments, dans la route où naissent à chaque pas les amours et les joies, les déceptions et les larmes, tu auras plus d'une fois besoin d'un guide plus expérimenté, plus mûr, plus aguerri que toi. Je serai là, ma chérie, tu me diras un mot, et je comprendrai. A quoi bon être frère et sœur, si l'on ne vit pas de la vie du cœur ! Si tu veux, nous nous écrirons toutes les semaines, n'est-ce pas ? dis-moi bien tout ce que tu sentiras, et sois sûre que tu trouveras toujours dans ton grand frère un grand ami.

Adieu, chère petite sœur, réponds moi tout de suite pour me dire que tu m'aimes bien.

Emile Trolliet.

J'ai commencé ma lettre le 13 février, mais je la finis le 14, car minuit a sonné pendant que je l'écrivais. Adieu, je vais dormir en te souhaitant mille rêves heureux. Qu'ils se blottissent tendres et purs sous ton chevet, comme des colombes qui remplissent un nid !

Laval le 15 mars 1885.

Ma chère Josépha,

Tu dois attendre de mes nouvelles avec impatience, et tu dois te dire au fond de ton petit cœur : « Le méchant frère qui ne m'écrit pas ! » Que veux-tu ? j'ai été très occupé ces temps-ci, et du reste j'ai voulu attendre ta fête qui était prochaine.

Elle sera là dans trois jours cette fête, et je viens avec bonheur te la souhaiter. Je dis avec bonheur ; c'est exagéré, car enfin j'aimerais mieux être près de toi un pareil jour. Il me serait doux de te confier mes vœux par de tendres paroles plutôt que par une lettre qui est toujours un peu froide. Ce papier t'exprimera sans doute mes sentiments : mais un seul baiser de frère les exprimerait mieux ! Enfin ! c'est déjà beaucoup que nous puissions nous parler malgré l'espace, et nous embrasser de loin. Du reste le jour viendra bien où nous remplacerons la causerie épistolaire par la conversation affectueuse ! Ce jour, ce sera peut-être pendant les vacances de Pâques, car je n'ose encore te promettre que j'irai dans l'Isère au mois d'avril, mais il sera certainement aux grandes vacances et alors il se répétera souvent. L'année prochaine d'ailleurs j'espère être plus rapproché du Dauphiné et par suite j'espère avoir le plaisir de voir bien plus souvent et bien plus longuement ma petite sœur chérie.

Chérie ! tu l'es en effet. Ta pensée me console souvent au milieu de mes souffrances de cœur, ton image m'apparaît jeune et souriante au milieu de mes troubles et de mes tristesses. Elle m'apaise, elle me réconcilie avec l'avenir, elle me laisse entrevoir une affection calme et sereine ; cette affection, tu me la donneras, ma mignonne, tu me la donneras toujours, n'est-ce pas ? Et quand le monde m'aura blessé et meurtri, tu seras là pour adoucir les blessures de mon âme. Pour moi je serai toujours là pour te soutenir ; tu seras la consolation et je serai l'appui. Et puis nous aurons encore notre frère et notre sœur pour être heureux et forts : tous les quatre nous formerons ainsi une famille bénie de Dieu.

Adieu, ma blonde enfant, je t'envoie avec ma photographie tous mes baisers affectueux. La photographie te parlera de mon visage, et les baisers — un peu invisibles hélas ! — te parleront de mon cœur fraternel.

Emile TROLLIET.

Nimes le 25 octobre 1886.

MA BIEN-AIMÉE JOSÉPHA,

Merci de ta lettre si ouverte et si franche !
Pauvre enfant ! toi aussi tu connais maintenant
les blessures du cœur. C'est pour toi la première ; tu en auras d'autres, tu en auras de
plus profondes. Ne t'en plains pas ; elles for-
ment à la vie ; elles apprennent la religion du
sentiment et la douceur de la pitié ! Cette pitié, tu l'as éprouvée, lorsque tu as vu souffrir
celui qui t'aimait et que tu aimais déjà peut-
être. Mais je crois que tu as bien fait de ne pas
céder, car si son amour est vraiment sérieux, il
grandira par la douleur, et si dans ton âme la
tendresse succède décidément à la pitié, tant
mieux, c'est la plus noble des tendresses, celle
qui débute par la compassion. Je te dis tout
cela comme si je parlais à une grande personne. Mais je le sais bien, les larmes mûris-
sent ; tu n'es plus une enfant, tu es une jeune
fille, et l'on doit aux jeunes filles, non pas la
dissimulation qui en fait des *prudes* et des *pin-
cées*, mais la franchise respectueuse et délicate
qui en fait de *vraies femmes*. Console-toi maintenant, tu as raison, par le travail manuel et
par le travail intellectuel ; le second vaut le

premier, mais il ne vaut pas plus pour la femme qui doit être une femme de ménage d'abord. La vraie femme doit savoir tout faire ; seulement, quand elle a lu, pensé, réfléchi, elle fait tout mieux que la femme commune. C'est le même travail; ce n'est plus la même distinction.

Tu me dis que vous allez tous vous réunir pour la Toussaint sur la tombe de nos chers défunts. C'est une intention pieuse, et je regrette de ne pouvoir me joindre à vous en cette circonstance. Toutefois pour n'en être pas tout à fait absent, je viens d'acheter une couronne funéraire. Elle partira demain et je la fais adresser en gare à Morestel au nom d'Hippolyte ; tu lui diras donc d'aller la chercher mercredi ou jeudi, car elle partira en grande vitesse. C'est le vendeur qui s'est chargé de la faire emballer et embarquer. J'espère bien qu'il ne la changera pas : du reste, elle a environ 1 mètre de longueur et de largeur ; dans la niche intérieure est une croix qui porte ce mot *regrets* et qui a une perle diamantée à chaque extrémité. A ces indications vous pourrez la reconnaître sans doute.

Au revoir, je vous embrasse tous bien affectueusement.

Emile TROLLIET.

J'adresse à Hippolyte la *Gazette de France*
qui contient sur mes vers un article de M. de
Pontmartin, un des maîtres de la critique contemporaine. Comme cet écrivain est le grand
critique royaliste et chrétien, il fera bien de mon-
trer l'article à M. de Virieu... En voilà un,
enfin, qui m'a compris !

Nimes le 13 mars 1887.

MA BIEN CHÈRE JOSÉPHA,

Je n'oublie pas que nous sommes à la veille
de ta fête, et je veux que ma lettre te porte, ce
jour-là, tous mes vœux de bonheur. Je te
souhaite d'abord la santé de l'âme et la santé
du corps ; puis toutes les satisfactions de l'esprit et du cœur, puis la réalisation de tous tes
rêves de jeune fille, et puis encore, que sais-
je moi ? tout ce qui est contenu dans le mot
bonheur ! Puisse Celui qui entend les désirs les
plus intimes de notre être, écouter ma voix de
frère, et te bénir dans ton printemps, et plus
tard dans ton été.

Mes vœux sont accompagnés de deux petites

violettes un peu pâles, un peu frileuses encore, comme le soleil qu'il fait aujourd'hui, mais tout de même parfumées, comme l'affection fraternelle qui nous unit. J'y joins aussi un volume de vers que je t'offre en souvenir de ta fête. Ces vers sont de Mme Desbordes-Valmore, une femme qui avait une belle âme et un grand cœur. Elle a été dans la poésie de notre siècle ce qu'Eugénie de Guérin a été dans la prose. Ce sont deux natures bien distinguées, toutes les deux fort poétiques. Peut-être même celle qui a écrit en prose est-elle plus poète que celle qui écrivait en vers ! Toutefois, Mme Desbordes-Valmore a laissé sur les enfants et sur les mères des pages charmantes et émues, et ce sont précisément ces pages que je te destine aujourd'hui. J'espère que tu les liras avec intérêt et avec profit.

Il ne me reste plus, ma chère petite, qu'à te prier d'embrasser pour moi tout le monde, et qu'à terminer par où j'ai commencé : sois heureuse.

Ton frère qui t'envoie un gros et doux baiser.

Emile Trolliet.

Nimes le 22 juin 1888.

Ma bien chère Josépha,

Je te réponds d'abord à toi, aujourd'hui, puisque tu m'as écrit la première. Plus tard, je répondrai à Hippolyte. J'avais hâte du reste de te remercier de ta lettre si aimante et si expansive. Moi aussi, je t'aime beaucoup, ma mignonne, et je te rends toute l'affection que tu me donnes si gentiment et si naturellement. Quoi de plus naturel en effet que la tendresse et la confiance d'une jeune sœur pour un frère un peu plus âgé qui peut lui servir à la fois d'ami et d'appui ? Appuie-toi donc contre moi, ma douce enfant ; ce sera toujours avec joie que je t'offrirai mon affection et mon soutien. Que de fois j'ai remercié le ciel que tu fusses née ! Si l'arbre paternel et maternel n'avait pas produit sur le tard une douce fleur, d'autant plus chérie qu'elle était la dernière, je t'assure qu'il manquerait beaucoup à ma vie. Laisse-moi donc respirer le plus souvent possible cette fleur-là, à travers tes lettres. Laisse-moi deviner la jeune fille à travers toutes les lignes, la jeune fille bonne pour ceux qui l'entourent, serviable, pratique, et pourtant capable d'avoir en elle-même un asile de réflexion et d'intimité. Tu fais bien de te former aux soins du ménage, mais tu fais bien aussi de former en toi un esprit, une âme par la méditation et par la lecture d'œuvres délicates et saines, comme celles d'Eugénie de Guérin! Tu pourras aussi, puisque tu revois ta littérature, lire *la Poésie* de Paul Albert, qui est dans ma bibliothèque. C'est un résumé de tous les chefs-d'œuvre poétiques de tous les temps : lis surtout ce qui regarde Lamartine, Victor-Hugo, les poètes français.

Adieu, ma petite sœur, j'espère qu'aujourd'hui Thérésine est presque tout-à-fait remise : donne-moi bientôt de ses nouvelles, et embrasse pour moi tout le monde sans oublier Mme Curty.

Emile Trolliet.

31 octobre.

Ma sœur si chère,

Je te remercie de ta lettre si bonne et si affectueuse et en même temps si vraie. Oui! tu as raison, je ne devrais pas me plaindre, car Dieu m'a toujours mieux traité que je ne le méritais, car le monde a toujours été doux et accueillant pour moi, car les villes où j'ai passé m'ont toujours offert une hospitalité cordiale et tendre. Oui, je devrais bénir la Providence au lieu de pleurer tout bas. Mais telle est la misère de notre pauvre nature humaine que, lorsque nous n'avons pas de malheurs réels, nous nous en créons d'imaginaires, et que, lorsque tout nous sourit extérieurement nous nous forgeons des souffrances intimes et profondes. Pourtant rassure-toi : je souffre moins depuis quelques jours ! je deviens plus raisonnable et moins nerveux, moins sensitif. Ah ! cette souffrance ne disparaîtra jamais complètement de mon âme, car elle vient d'une lutte éternelle qui se produit en moi ; tu as dû t'en apercevoir, et combien de femmes s'en sont aperçu ! il y a en moi deux natures, celle du prêtre et celle de l'amant. D'un côté j'aime l'austérité, la chasteté, le sacrifice, et, d'un autre côté, je suis plus sensible que personne aux grâces de la femme, aux parfums, aux tendresses. Toute mon âme, toute ma jeunesse sont dans ces deux mots de mon volume : Les Tendresses et les Cultes ; j'ai de la tendresse pour tout ce qui est beau, j'ai du culte pour tout ce qui est grand.

Mais au milieu de ces sentiments qui sont surtout du poète, je sens que de jour en jour il s'en glisse un autre qui est surtout du frère, de l'époux, du père, le sentiment de la famille. Là encore tu as raison, et ce que tu me dis sur les joies de la famille m'est allé droit au cœur, etc. etc. *(Ici des choses très intimes.)*

Paris, 8 novembre 1890.

MA CHÈRE PETITE JOSÉPHA,

Ce Lamartine est vraiment heureux ! Il n'inspire pas seulement des allocutions élevées d'académiciens, de nobles discours d'évêques, des milliers d'articles littéraires enthousiastes, il inspire encore aux jeunes femmes des pages vraiment émues et vraiment belles. Et si de là-haut, le poète peut tout lire et tout entendre, il doit préférer ces voix aimantes et féminines, même aux voix éloquentes de la philosophie, du clergé et de la littérature. Ta voix, ma chère Josépha, lui est plus douce que la mienne, parce que c'est une voix de femme ; ton chapitre lui va plus directement au cœur que ma causerie ; parce qu'il vient d'un cœur de mère qui aime aussi une petite Julia. Puisse la mignonne Alice avoir la poésie de Julia sans avoir sa trop courte destinée !

Tout ce que tu me dis sur notre voyage de Saint-Toiret m'a aussi beaucoup ému, voyage qui fut plein d'une telle sérénité, et qui semble avoir été, par son idéal poétique, comme un couronnement de ta vie de jeune fille et comme un prélude de ta vie de jeune femme.

C'est pourquoi j'y ai fait allusion dans mon article, comme tu l'as vu ; j'ai voulu que là où était mon souvenir ton souvenir fût aussi. Je ne demande pas mieux de refaire, et cette fois à trois, le pèlerinage. Du reste, n'avons-nous pas, à nos heures, des âmes mystiques de pèlerins ? Vous souvient-il de notre station chrétienne au couvent de Maria ? A propos, donne-moi donc son adresse exacte, car je veux lui écrire, ne fût-ce que pour la remercier encore de son crucifix qui est pour mon petit séjour un ornement si noble et si pur. Faites-lui passer mon article sur Lamartine ! je crois qu'il ira à son âme.

Adieu, mes âmes sœurs, la mienne vous donne un baiser fraternel.

Emile TROLLIET.

Le *Lac* m'est arrivé non endommagé. Merci encore !

LETTRES

D'Emile Trolliet a Madame Delzant

—⸺✦⸺—

M. Emile Trolliet à Madame Alidor Delzant

Déjà plus de deux longs mois écoulés depuis la lettre que vous m'avez écrite, le jour de la fête de saint Vincent de Paul et que, vous ou lui, vous aviez parfumée d'une suave odeur d'évangélisme et de charité. L'âme du saint semblait vivre et respirer sous toutes les lignes de la lettre bienfaisante et douce. Je l'ai lue plusieurs fois, cette lettre, je l'ai même fait lire — vous ne m'en voudrez pas — à quelques âmes fraternelles qui, au milieu de toutes ces notes discordantes de la politique, de la littérature, et même, hélas, des religions, sont, comme nous, éprises de conciliation et dans l'attente de paroles pacifiques et harmonieuses.

Ces âmes ont été, comme moi, noblement émues par tout ce que vous me dites sur la communion intérieure et supérieure « aux deux clochers des deux églises » qui vous unit, vous la catholique à votre amie la protestante (1)

---

(1) Mlle Lydie B...

vous la sœur de charité à elle la douloureuse ou plutôt la souffrante, car si le mal était dans son corps, la paix et le bien étaient dans son âme.

Et votre poétique et divin couplet — plus poétique que mon trop long poème sur le lac de Génézareth : « Nous n'irons jamais là-bas, nous serons les bienheureux qui croient sans avoir vu et que loue Jésus ! »

Vous avez de ces mots qui valent le voyage et en suppriment presque le désir. Voilà qu'après vous avoir lue, j'aime mieux être parmi les pèlerins qui n'arrivent jamais à la céleste rive mais sont toujours en marche de ce côté et toujours en foi.

Je relis, en ce moment, devant faire un travail sur les écrivains épistolaires du XVIIe siècle, (1) les lettres de Mme de Sévigné et de Mme de Maintenon. C'est étonnant comme cette liseuse de Nicole manque, au fond, de christianisme, et comme la recluse de Saint-Cyr manque de vraie humanité. Leurs lettres ne gagnent pas au rapprochement avec les vôtres, et vous sentez bien que je ne vous dis pas cela pour vous faire des compliments. D'abord, je ne sais pas les faire, et, quand je le saurais, je ne

_____

(1) Dans l'*Histoire de la littérature française* de M. Petit de Julleville.

le voudrais pas. Mais il est bien permis d'aimer, avant tout, les lettres qui sont riches d'âme et contagieuses de bonté.

Je vous écris à Parays, car je suppose que l'arrivée du Czar ne vous fait pas devancer votre retour à Paris. Aux fêtes officielles, vous et M. Delzant devez préférer les dernières fêtes automnales que vous donne votre Midi. J'espère que tous, aimables parents et gracieuses enfants, vous en jouissez en parfaite santé.

... Je suis parti, revenu, puis reparti, puis de nouveau rentré. Après mes Alpes, j'ai visité la Belgique qui m'était encore inconnue. Le petit Saint-Bernard, d'un côté, et le musée d'Anvers ou le lac d'Amour, à Bruges, de l'autre côté, tels sont les deux points extrêmes de ma double excursion au sud et au nord.

Et. vendredi, je vais reprendre la tâche professorale qui, *d'avance*, et même *pendant*, me semble toujours un peu lourde, mais qui m'est rendue plus légère par l'entr'acte de douces soirées et par l'hospitalité et la causerie de si bons amis.

Emile TROLLIET.

Paris 28 septembre 1898.

Chère Madame et amie,

Merci de votre affectueuse invitation pour le 10 octobre. Ce sera pour moi, un vrai plaisir d'être à votre premier lundi en compagnie d'âmes et de personnes sympathiques, telles que Mlle de Bury (1), et M. Bikélas.

Je ne connais pas les *Lettres de voyage* de celui-ci, mais je suis sûr que je les aimerai comme vous les aimez, car si j'ai un culte pour la Grèce, j'ai pour M. Bikélas — comme son nom rime avec Hellas ! — une vive inclination. J'envie M. Delzant et Mlle Geneviève pour le voyage qu'ils feront à Athènes, au printemps prochain. Ils prieront pour nous sur l'Acropole, et cette prière sera douce à Minerve venant d'un humaniste et d'une jeune fille... de deux humanistes, après tout, car chez vous, tout le monde jusqu'à Mimi, la filleule de l'*Etoile*, aime les humanistes et aussi l'humanité.

Savez-vous que j'ai l'intention de prendre ce mot *Humanité* pour titre de mon prochain volume de vers? — Que pensez-vous du choix ?— Titre difficile à porter mais qui, pourtant ré-

_____

(1) Mlle Yetta Blaze de Bury, morte en décembre 1902.

pondra bien — je le sais, je le sens — à l'esprit du livre.

Que voulez-vous que fasse un célibataire s'il n'épouse l'Humanité ? Aussi j'ai pris ma part de toutes ses angoisses actuelles, de tous ses deuils récents. J'ai dû faire des vers, presque malgré moi, sur le voyage de Nicolas II, le plus grand événement du siècle, à mon avis, et sur la fin tragique de cette passante impériale (1) dont vous parlez.

...Contrairement à d'autres poètes que tente la *Tour d'ivoire*, je voudrais être en communion avec l'âme de tous. Au risque d'échouer dans la poésie de circonstance, je voudrais prendre l'histoire et la foule pour collaboratrices, — les sentant beaucoup plus près de moi.

Ai-je raison ? — Vous me le direz. Ne prenez pas la peine de me répondre par lettre. Nous causerons de cela le 10 octobre, et de sujets beaucoup plus intéressants. D'autant plus qu'aujourd'hui j'ai abusé du droit que vous accordez à vos amis de parler d'eux-mêmes et de leurs rêves.

Pardon et merci !

EMILE TROLLIET.

_____

(1) L'Impératrice d'Autriche.

Jeudi, fête de la Toussaint.

Chère madame et amie,

Merci de votre souvenir pieux pour mes deux chers parents. J'en suis profondément touché. Et, de mon côté, tout-à-l'heure, à la messe, j'aurai une pensée reconnaissante pour les deux vôtres qui ont dû tant contribuer à ce chef-d'œuvre : votre âme.

Et, tous les deux, nous nous rappellerons aussi, puisque ce sont les jours de commémoration universelle, ceux qui furent nos pères intellectuels, les créateurs de justice et de beauté, dans ce vilain monde, ceux que je nomme souvent dans mon cœur et toujours avec une filiale et religieuse gratitude : Eschyle et Platon, Sénèque et Marc-Aurèle, Fénelon et Lamartine, ceux dont les âmes immortelles doivent être aujourd'hui près de Dieu les bienheureuses, puisqu'autrefois, chez les hommes, elles furent les bienfaisantes.

Votre ami.

Emile TROLLIET.

M. Delzant a bien voulu nous autoriser à reproduire la lettre suivante, qui montrera au lecteur comment Trolliet comprenait son apostolat :

Paris, 21 Novembre 1898.

« A Miss Piccola Crowe,

« Mon mari et Geneviève ont été entendre M. Trolliet, impasse Baudricourt, par la pluie, et au milieu d'une foule si compacte, qu'ils sont restés debout toute la soirée. Mille personnes étaient là suspendues aux vers du grand Corneille. Les huit interprètes faisaient de leur mieux, et, avant chaque acte, M. Trolliet expliquait les scènes qui allaient suivre.

« Enlever le peuple au cabaret et s'unir à lui dans une commune admiration pour un auteur de génie, me paraît une belle œuvre sociale. Je suis heureuse que M. Trolliet la tente, et qu'il ait la force de la réaliser. Sa délicate santé l'arrête sans cesse alors qu'il sent en lui le désir de faire le bien, d'agir.

« Nous, ses amis, nous le jugeons sur ce qu'il est moralement ; mais les autres veulent des réalisations. Enfin, le mieux est de nous efforcer vers la perfection, parce que ceux que nous aimons sont secourus, non par ce que les circonstances nous permettent de faire pour eux, mais par ce que nous sommes... »

Gabrielle DELZANT.

LES GLANES DE "CANDIDUS" [1]

La religion du XVIIᵉ siècle est comme Versailles : elle est en pierre.

*
* *

Il n'est rien qui rende méchant comme la sottise : la bonté, c'est de la lumière.

*
* *

N'écoutez pas l'homme d'un seul journal, ne lisez pas le journal d'un seul homme.

*
* *

L'homme muet en face du ciel muet, est-ce une solution ? Le Dieu *Idée* suffit à l'harmonie des mondes : mais à l'humanité, il faut un Père.

*
* *

Faites agir la Bonté à défaut de l'Amour. La Bonté, c'est la madone, si l'Amour est le Dieu ; et quand le Dieu est absent ou distrait, on s'adresse à la madone.

---

(1) Sous ce titre, Emile Trolliet avait fait paraître, dans la *Revue Idéaliste*, des pensées détachées dont nous donnons ici un spécimen.

La Volupté porte en soi un germe de mort, l'Amour, un ferment d'éternité.

*
* *

Entre coupables, l'amitié n'est qu'une complicité, l'amour n'est qu'une luxure.

*
* *

L'homme fait le bien en regardant vers un idéal, et la femme en regardant vers Dieu ou vers un homme : l'idéal de la femme c'est toujours un nom propre.

*
* *

Les âmes pures ont la nostalgie de Dieu, dont elles sont le reflet, comme les lacs doivent avoir la nostalgie du firmament, dont ils sont le miroir.

*
* *

Il est cruel de n'être pas aimé, mais surtout de l'être moins ; la froideur fait moins de mal que le refroidissement.

*
* *

La femme ne peut aimer sans admirer, ni peut-être admirer sans aimer. Admirer, aimer :

son cœur et peut-être ses lèvres conjuguent les deux verbes en même temps.

* * *

Aimer sans être aimé, c'est bien douloureux ; oui ! mais être aimé sans aimer c'est bien ennuyeux !

* * *

Donne à ta vie un but d'idéaliste, une méthode de réaliste : par la boussole vers l'étoile.

* * *

Sache vieillir et mourir en beauté....

TABLE DES MATIÈRES

IMPRIMERIE MODERNE, AURILLAC